喜怒哀樂

희로애락은
삶의 징검다리

희로애락은
삶의 징검다리

펴 낸 날　　2024년 07월 26일

지 은 이　　이행재
펴 낸 이　　이기성
기획편집　　서해주, 윤가영, 이지희
표지디자인　서해주
책임마케팅　강보현, 김성욱
펴 낸 곳　　도서출판 생각나눔
출판등록　　제 2018-000288호
주　　소　　경기도 고양시 덕양구 청초로 66, 덕은리버워크 B동 1708호, 1709호
전　　화　　02-325-5100
팩　　스　　02-325-5101
홈페이지　　www.생각나눔.kr
이 메 일　　bookmain@think-book.com

喜怒哀樂
희로애락은
삶의 징검다리

이행재 지음

생각나눔

머리말

책을 내면서

글쓰기도 쉽진 않다.

늦었지만 문집 출간을 거듭하다 보니 기쁨에 못지않게 조심성과 긴장감이 들고, 다른 한편 아쉬움도 뒤따른다. 뒤늦게 '이런 아쉬운 생각이 올 줄 미리 알았다면 학교에서 문예부 클럽활동을 계속할걸!' 영어 선생님의 평생 운동으로 연식정구(테니스)가 적당하다며 추천해주시어 그쪽으로 방향을 튼 것이 못내 아쉬움이 남는다.

연식정구도 중년에 놓았으면서…. 늦게사 글을 쓰다 보니까 학교에서 글쓰기 할 기회를 스스로 박찼던 것이 못내 아쉬운 생각으로 자주 떠오르기에 하는 말이다. 필자가 본격적으로 수필을 쓰게 된 것은 정년퇴임 기념 문집을 출간하고서부터이다.

첫 수필집 『일찍 일어나는 새 높이 나는 새』는 등단도 하기 전에 성급하게 출판했기에 돌아보면 서술이나 내용, 짜임이 모두 엉성해 보여 부끄러운 생각마저 든다.

뒤에 등단하고 『두물머리의 추억』에서는 '계간 한국창작문학'에서 대상(작품상)에 선정되고, 이어서 『천사대교와 퍼플섬』세 번째 수필집은 '대한 문단 작가회'에서 작가상을, 출판사에서는 이를 '우수 도서'로 선정하여 작품 활동에 적이 힘과 용기를 더해주었다. 또한, 세 번째 수필집은 서두(序頭)에 저명한 문인들이 축간사(祝刊辭)로 격려해 주셔서 더욱 고마웠다.

네 번째 수필집 『희로애락(喜怒哀樂)은 삶의 징검다리』는 삶, 고향, 우리 학원, 동호회, 친구, 스포츠, 제자들과 얽힌 사연들을 엮었는데, 그간 몇 차례 문학상과 많은 격려를 받은 후 출간하는 문집이라 더욱더 신경이 써지고 애착이 가는 작품집이 되었다.

주위에선 읽기도 아니고 작품 쓰기가 쉽지 않은 나이가 됐다고 염려하듯, 어려움이 없는 것은 아니나, 나이가 들수록 생각은 깊어지고 더 세심해지는 것 같다. 그냥 안 들리는 척, 모르는 척 짬짬이 시간이 되면 '내가 하는 일'이라 여기고 적어본 글이다. 출간을 도와준 가족과 여러 면에 도움을 주신 분에게 감사의 인사를 드린다.

수필집 『희로애락은 삶의 징검다리』
출간을 축하하며!

청석 류창렬

수필가 이행재 교장이 첫 수필집 『일찍 일어나는 새, 높이 나는 새』에 이어 벌써 네 번째 수필집 『희로애락은 삶의 징검다리』를 낸다니, 늘그막에 그 정력이 어디서 나오는지 놀랍고 부러워 축하를 거듭하고 싶다.

작가 이행재 교장은 퇴임 후에도 교육 삼락회 모임에서 자주 만나는 터인데, 오늘은 수필집 발간에 축사를 부탁받았다. 그간 무딘 붓과 녹슨 머리로 무슨 글을 써야 하는가 망설이다가 그 덕에 글을 쓸 기회를 얻었으니 고맙기도 해서 응낙했다. 하지만 내 글이 작가에게 축하는커녕 누가 될까 조심스럽다.

이 교장과의 첫 인연은 전북에서 경기도에 전입하여 금곡초 교사로 근무할 때부터 그 후 연곡초 교감, 화접초 교장, 끝으로 교문초 교장에 이르기까지 연하장 등 서신을 교환하며 교분을 이어 왔다. 이 교장 퇴임식에는 뜻하지 않던 자리가 마련되어 축사했던 기억도 난다. 사람 간의 정이란 오솔길 같은 거라서 왕래가 없으면 그 길이 묻히고 마는 법, 그런데 이 교장과는 퇴임 후에도 교육 삼락회로 교분을 이어가고 있으니 그 인연 고맙기 그지없다.

작가 이행재 교장은 교직 생활 42년, 사랑과 정성을 온통 학생 교육에 쏟아부었으며, 많은 제자를 길러낸 공으로 사도(師道)대상과 국민훈장(황조근정훈장)을 수상한 모범적인 스승, 성공한 교육자다. 많은 교육자가 퇴임 후 여생으로 여기고, 하는 일 없이 허송하는데, 이 교장은 그간 꾸준히 글쓰기로 수필가 시인으로 등단하고 명작을 쏟아내어 작품상, 작가상, 우수 도서상 등을 수상하였으니, 흔치 않게 인생 후반에 더욱 빛을 발하고 있다. 인생은 삶의 양 못지않게 질이 중요하다.

작가 이 교장은 상배(喪配) 후에도 외로움에 낙담하거나 좌절하지 않고 고독을 글쓰기로 승화시켜 독자에게 작품을 통하여 새로운 용기와 작품세계를 선사하고 있다. 이번 출간하는 수필집 『희로애락은 삶의 징검다리』는 제목 자체가 우리 인생이 겪는 삶의 궤적에 대한 깊은 성찰이 담겨있음을 엿볼 수 있다.

이 작가는 보통 사람들이 그냥 지나쳐 버릴 것들을 예리한 관찰력과 심오한 통찰력으로 아름답게 표현하고 있으며, 포근한 고향 같은 옛이야기를 마디마디 진솔하게 풀어서 새롭게 재현함으로 깊은 감동을 준다. 이 작가의 작품은 지난날 우리네 모두가 어렵사리 살아낸 고난의 세월을 아름다운 추억으로 둔갑시키는 마법을 지니고 있다.

이 작가는 문학적 감수성과 필력도 뛰어나지만, 다양한 현상에 착목(着目) 하는 지혜는 평소에 갖춘 소양과 인품을 겸비하였기에 이러한 작품들이 나올 수 있다고 생각한다. 한평생 교육자로 후배

양성에 헌신하고 인생 이모작으로 문학의 길에 정진하고 있는 수필가 이 교장에게 느지막이 문운이 대통하길 빌며 건강과 행복을 기원한다.

청석(淸石) 류창렬(柳昌烈) (1935년)
· 시조 시인, 충북 음성 출생
· 충주 사범(55), 단국대 학사(60), 연세대 교육행정학석사(69), 서울대행정 연수원(85)
· 경기도 장학관, 교육장, 초등교육국장, 교원연수원장. 대학 초빙교수(15년)
· 극동대학교 이사, 강동대학교 이사장 엮임
시조 시인(97, 시조생활사). 한국 시조 생활 동호회장 역임, 세계전통시 인협회 한국 본부 고문(현)

목차

어느 선배의 품위

───── 안방에서 울리는 핸드폰 벨, 저 혼자라서 그리 요란한지! 아침 햇살이 베란다에 깔려 늦가을 기운이 깊숙이 파고드는 이른 아침에 '도대체 누굴까?' 벨이 끊길까 봐 달려가 열어 봤다. 뜬금없는 20여 년 전 곰탕 한 그릇에 축배 한 잔씩 나누면서 정년을 축하드렸던 선배의 핸드폰 벨이었다.

그간 소식이 뜸했었지! 깜짝 반기며 "잘 지내셨죠?"라고 정중한 인사에 대답은커녕 다짜고짜 지금도 "석계역 근처 살지?" 하면서 "10시 정각에 석계역 1번 출구에서 만나." 다짜고짜 직급 상사가 반말로 명령하듯 쏘는데 궁금증은 여전했다.

사범학교(교육대학 전신) 교련 시간을 준수하던 학생 때, 일 년 선배가 군기 잡던 일명 '강당 몰이'는 군대에서도 차상위 기합이 가장 세듯이 살벌한 분위기에서 일 년 선배 짠맛 기억이 오래 남는다. 직속 선배의 그 정도 말투는 선입관으로 들을 만했다.

'무슨 긴급 사항이 있어 인사말 대답은 안 하고 때도 아닌 10시에 만나자고 하는가?'

머릿속엔 몇 가지 스쳐 가나 뚜렷하게 잡히는 것이 없었다. 우리가 현직에서는 교직 정보를 전화로 도움을 주고받기도 했지만, 이제 그런 일은 아니고 잡다한 생각 속에 그를 만났다.

그는 퇴직 후 수도권 D 시(市)에서 노인 회장직 연임으로 봉사활동을 했다고 말문을 연다. 일거리가 즐겁고 바빴나 몸매와 말씨가 이십 년 전이나 별반 다름없었다. 생활이 '즐거우면 나이는 일이 먹고, 엔도르핀은 몸에 파고들어 회춘이라도' 시키는가 보다.

노인회장을 하면 자주 해외여행을 나가게 되는데 코로나로 요즈음 2~3년은 시행을 못 했단다. 해외여행했던 일화 등을 슬쩍 쏟아내더니 마침 하와이 여행 중 필자의 처 별세 비보를 듣는 순간 무척 안타까웠다는 이야기를 끼워 넣는다.

난 별안간 서글펐던 지난 이야기를 다시 꺼내니 듣기도 민망하고 답하기도 망설여졌다. 그는 눈치를 채고 우이천 변을 걷잔다. 우이천에 떼 지어 노니는 오리와 잉어 떼를 보며 이런 개천에 오리와 잉어 떼가 몰려다니는 것이 신기하단 이야기를 혼잣말로 구시렁대며 한 발 두 발 올라가다가 광운대학교 정문을 들어섰다. 교정을 거닐다 벤치에 걸터앉더니 자기도 살아오면서 어려울 때가 있었지만, 살다 보면 크고 작은 어려운 때를 만나게 되는데 추강이 큰 어려운 일을 먼저 당했다고 하며 위로하듯 내 손을 끌어당겨 잡는다.

여행 중에 접했던 비보는 까맣게 잊고 지내다가 지난밤 갑자기 생각이 떠올라 잠을 설쳤다고 하면서 서둘러 전화했다고 본론을 실토한다. 나이가 들면 건망증 기억력 쇠퇴부터 온다더니 내게도 그것이 온 모양이라며 허리를 앞으로 굽히는 시늉 한다. 조문 길을 오래 놓친 것이 매우 송구스럽다며 몸을 다시 움츠린다. 이쯤 되니 피할 수도 없어 지나간 일을 회고하여 조곤조곤 펼친다고 했지만 즐거운 일이 아니기에 어색하고 쑥스러운 면은 지울 수가 없었다.

우린 한 걸음 두 걸음 띠다 보니 점심을 먹기 위해 근처 청기와 식당에 들어갔다. 늙으면 치아도 성치 않아 불고기보다는 '육회 비빔밥'을 선호하여 주문하고 화장실에 다녀왔다.

또 뭔가 더 남아있는 듯 안 호주머니에서 꺼내놓은 것은 '부의 (賻儀)'라고 써진 하얀 봉투다. 참 어이가 없었다. 장송곡 듣고 난 지 삼년상(喪)도 지났는데 "이게 또 무슨 생뚱맞은 짓이냐?" 하고 목청을 높였지만 완강했다. '죄지은 맘' 풀어달라는 간곡한 부탁이다. 스스로 늦어도 너무 늦었다는 말 같다. 참 기분이 야릇했다.

이 나이에, 우리에겐 애경사 소식을 접하면 참 난처한 때가 더러 있다. 그간 서로 관계에서 주고받은 품앗이 같은 거래로 당연히 오는 소식을 나무라거나 원망하지도 않는다. 속설에 "팔십 넘으면 애경사에 빠져도 욕먹지 않는다."라고 한다. 아마 병고에 거동하지 못할 때일 것이다. 원거리는 기동하기 어렵고 송금 방법도 쉽지 않으며 지출도 만만찮다. 그래서 대부분 속으로는 비켜 가기를 은근히 바라고 더러는 이 핑계 저 핑계로 빠져나가기도 한다. 그런데 잊어도 될 때가 넘었거늘 일을 챙겨 깜짝 놀라게 하는 것이 도대체 무엇일까? 난 한참을 생각했다. 예의, 우정, 신의, 동정 뒤엉킨 꼬투리가 머리를 혼란하게 하는 중에 말이다. 인생의 황혼에 접어든 우리이기에 더욱 야릇한 심정이 솟아올라서였다.

음식 대접은 맞이하는 사람이 챙겨야 하는 것은 너무나 당연한 예의다. 그런데 이건 또 무엇인가? 식후 계산대 앞에 섰더니 '계산은 선금' 됐다며 내 카드를 밀어낸다. 그럴 사이가 없었는데! 생각해 보니 내가 화장실에 간 사이 계산했던 것 같다. 내민 내 카드를 다시 집어넣어야 하는 손이 사르르 떨었다.

세상 이런 선배도 있다. 잊었으면 아주 완벽히 잊을 때도 됐었건 만! '여행 중 끊긴 필름이 몇 해가 지난 요즘 갑작스럽게 재생'되어 찾아온 사건이다. 하긴 나이 탓하며 더러 그럴 수 있는 때지만, 삼 년이 지난 일을 소생시켜 펼쳐진 일이기에 더욱 감격하여 필자가 걸어온 자취도 뒤돌아보는 시간이 됐다.

각박한 세상에 고덕산(校歌) 선배의 '강당 몰이 예절'에서 강조했 던 선후배의 기본 예의가 그처럼 깊이 잠재되었나! 품위 유지하는 모습이 경이로웠다.

- 전주교육대학교 개교 100년사

옥정호 길섶 S 카페

_____ 카페(cafe)는 대부분 도시에 자리 잡고 있지만, 반대로 한적하다 못해 고요한 그곳에서도 카페의 진수를 맛볼 수 있다.

산자 수려한 곳엔 빼놓지 않고 카페가 차지하고 있으니 말이다. 그 옛날 허름한 주막이 있었던 곳에, '아! 옛날이여!' 하며 지금은 고급스러운 카페 이름이 손짓한다.

이렇게 외따로 떨어진 곳은, 찾았던 손님만 단골 되어 찾아오는 경우가 일쑤다.

주로 젊은 연인들이 데이트한다든지, 남 눈에 띄기를 꺼리며 밀담이라도 하고자 할 때 한적함이 적격이다. 또 번잡하고 붐비는 것을 싫어하는 나그네 길손님도 자주 찾는 곳이다.

필자가 언젠가 섬진강 상류 옥정호 민물고기 매운탕 대접받고 돌아오는 길에 친구 안내로 들린 외딴 카페 이야기다. 마을이라고 해야 농가 몇 집이 드문드문 산비탈 동네인데 서양식 2층 건물로 우뚝 솟은 S 카페다. 카페 이름은 얼른 6~7월에 꽃 피는 다년생

수생식물 수련(睡蓮)꽃을 연상한다. 물 위에서는 수련(睡蓮)꽃, 나무에는 4~5월 목련(木蓮)꽃을 꽃 중 꽃으로 여기는 사람들의 심리를 불러온 이름인지도 모른다.

카페 2층에 오르니 사방이 통유리창, 유월의 푸르름이 왈칵 밀려왔다. 조망이라야 고작 산이다. 내려다보면 옛 도로에 이따금 차가 다니며 마을버스는 가물에 콩 나듯 지나간다. 언덕배기 건너 산마루에는 전주에서 임실 순창 방향으로 쭉 뻗은 자동차 전용도로에 차들이 속력을 준수하듯 줄지어 달린다.

S 카페는 제자 P의 며느리가 사장이다.

어느 날 제자 P가 전화를 했다. "선생님 소식은 종종 듣고 있었습니다만, 멀리 계시니 찾아뵙기도 쉽지 않고 퍽 죄송스럽습니다. 더 늦기 전에 뵙고 싶은데요. 전주에 오실 때 기별하시면 선생님을 모시겠습니다." 하는 전화였다. 언젠가 필자가 다녀간 것을 뒤늦게 눈치라도 챈 모양 같았다.

오늘은 P의 초대로 여섯 명이 만났다. 두 목사님 내외분과 그 외 친구가 일행이다. 목사님들도 연세가 됐으니 퇴직 목사다. 그중 친구 목사는 아직도 음악만 담당하여 교회 합창을 지휘하는 음악 목사의 직함을 갖고 헌신하는 현직이다.

목사 하면 설교, 설교하면 목사가 떠오른다. '두 목사님 틈에 어떻게 처신할까?' 염려가 들기도 전에. 목사님은 마디마디 재치 있는 농담과 유머를 섞어 분위기를 잡아간다. 종교 얘긴 눈곱만치도 없고 난데없이 '똥구멍'이란 단어를 들춰내어 박장대소하며 옥신각신 웃기다가 항문(肛門)의 우리말 표준어라며 웃고 넘겼다. 직업적인 특유의 화술로 잘 이끌어가 분위기가 부드러웠다.

점심 식사가 차려졌다. 카페 메뉴 '들깨 수제비'다. 소래기에 3인분씩 나누어 담겼다. 수제비 색깔이 본색에 검은색 초록색을 더해 삼색 수제비다. 그리고 당근 파, 마늘, 양파, 표고버섯, 등 양념이 버무려져 맛깔스럽게 보였다. 검은깨 섞은 것은 까맣게. 부추를 섞은 것은 초록색을 띠었다. 자주색(팥) 하나 더 보탰으면 색깔은 4원색이 될 뻔했다. 필자 욕심이다. 육수는 들깨를 볶아 만든 국물이다. 그릇을 두 번 비우니 웬만큼 됐으련만 식탐은 속없이 칭얼댔다. 시중에서 맛봤던 들깨 수제비와는 보기와 맛도 달랐다. 별미라고 한마디씩 거드니 내 말이 과장은 아닌성싶었다.

후식으로 언젠가 이효석 봉평마을에서 맛봤던 메밀 전병과 더얹힌 수수부꾸미까지 한 장씩 앞에 내놓았으니, 갑자기 봉평에 온기분이다.

음료수로 차 메뉴를 보고 쌍화차를 찍었다. 대추 달인 국물에 대추, 꿀, 은행, 밤, 잣, 감초 등 알갱이가 섞여 도자기 잔 바닥에 깔려 나왔다. 쌍화차를 가끔 시중에서 마시지만…, 새콤달콤 도드라진 맛이다. 이는 흔히 하는 말로 보약 십전대보탕을 연상케 한다.

반세기 전 품 거쳐 간 제자의 초대에서 신토불이 '들깨 수제비' 맛은 천하의 일미였다. 사랑. 존경, 정성, 환경, 선입감 등 무엇이 감싸는지 헤아리기 어려웠지만, 이 들깨 수제비는 시내 어느 고급 레스토랑에서의 음식 맛에 진배없이 구미에 당겼다.

P는 11살 소녀 때도 성격이 발랄하게 자랐다. 그 성격이 점입가경(漸入佳境) 웃음 천사로 도약했나 보다. 대인관계에서 먼저 '인사하라.'라는 선친의 가르침이 바탕이 되었나 목회자의 내조자로 천생연분 같았다.

소녀 때에는 고을의 치안 총수의 비서를 했었는데 그의 천성으로 보아 가히 짐작할 수 있었다. 이제 신중년 제자가 바르게 살며 행복해하는 모습에 흐뭇했다.

오늘 그 덕에 음식 맛 좋은 곳에서 분위기마저 딱 어울려 맘껏 웃었으니 나도 덩달아 얼굴 주름 한 줄 지워졌으면 좋겠다. 아름다운 S 카페 이름값 하듯 맛깔스러운 음식 맛에 쾌적한 환경이 손님의 발길을 끊을 수 없게 만들 것 같았다.

- 2024. 2.

푸니쿨리푸니쿨라

_____ 거의 하루도 거르지 않고 동영상 퍼 나르기를 즐기는 친구가 주위에 서넛 있다. 선배 후배도 있고 또 다른 하나는 오늘의 주인공 절친이다. 그는 이를 심심풀이 취미로 일을 삼는 것 같다. 물론 시각이 정해진 것도 아니어서 주야장천(晝夜長川) 날아든다. 자기는 선별했다고 하지만, 가끔 보기에 민망한 것도 붙어 따라온다.

제목이나 겉면만으로 속단은 안 됐지만, 한창 밀려 쌓일 때는 주체 서러워 삭제되어 쓰레기통으로 처리하는 때도 종종 있는데 나만이 하는 짓은 아닐지 싶다.

오늘도 이른 아침 7시경에 뉘 것인지 카톡이 울렸건만 대수롭지 않게 여기고 '긴급 사항이면 전화 오겠지!' 지내다가 오후에 확인하는데, '푸니쿨리푸니쿨라'라는 눈에 번쩍 띄는 동영상 음악이었다. '오! 이것은 진짜배기네!' 생각이 들자, 즉시 동영상을 펼쳤다.

그 옛날 사범학교 음악당에서 우리는 전신을 흔들며 배워 불렀던 곡이기 때문이다. 동영상을 시청하다 보니 지난간 추억들이 한꺼번에 밀려와 연거푸 세 번이나 재생 코드로 학창 시절을 더듬으며 따라 불렀다.

음악당에서 Oh 선생님의 어깨 춤추듯 들썩이던 피아노 반주, L 선생님의 온몸을 흔들어 지휘봉을 휘저을 때 우리는 자리에서 일어나 손을 위로 치켜들고 손뼉으로 박자를 맞추며 신들린 것처럼 괴성으로 불렀던, 푸니쿨리푸니쿨라가 아니었던가! 그땐 참 신났었지!

이 곡은 19세기 이탈리아의 나폴리 민요로 '케이블카에서 화산 체험 투어 관광객의 두려움을 해소하기 위한 곡'이라고 배웠다. 푸니쿨리푸니쿨라라 노래를 '영차, 영차'라고 대신 부를 수도 있다는 노래라고도 들었다. 후렴 부분에 '얌 모' '얌 모'는 '가자, 가자'로 번역해서 흥과 힘을 동시에 끌어내는 기억도 떠오른다.

그러나 요즘은 잊고 살아오다가 갑자기 카톡으로 부딪치니 흥분에 가까웠다. '자빠진 김에 쉬어간다고' 그 시절을 좀 더 깊이 생각해 보고 싶다.

J 사범 학생에게 음악당은 음악의 소양을 심어주는 본거지로 추억의 보고다. 남쪽으로는 배구장을 측백나무와 은행나무 울타리로 가려져 있었으며, 북쪽으로는 한반도 모형으로 파놓은 물고기 없는 연못에 주위는 느티나무가 빼곡하여 숲속의 집이다.

음악당 구조는 열여섯 칸 개인 오르간 연습실을 핑계 삼아 우리네 남녀 학생이 청춘을 소곤거릴 수 있는 공개된 밀담 장소이기도 했다.

오르간 실기 평가는 항상 적시에 재심 없이 통과했던 것 같다. 그것은 병설 중학생으로, 삼 년이나 일찍 접촉했기 때문일 것이다.

사범학교 학생, 즉 예비 교사는 특히 음악 이론과 실기를 연마해야 함이 필수다. 초등학교 선생님은 '만물 박사'여야 한다고 빈정대는 말도 여기에 포함되지만, 중등학교 교사의 전공과목 하나만 가르치는 것에 대한 벅참을 비교하는 말로 그럴듯했다.

합창부는 혼성 4부로 관내에서 유일했다. 남고나 여고의 단성합창은 이 부나 삼부가 고작이지만, 혼성 4부 합창은 화음의 특성으로 웅장함이 그 진수이자 매력이다. 합창부는 주로 1, 2학년 남녀로 60여 명이었다.

활동 중에 마침 결혼식장에서 축창(祝唱)을 했던 기억이 오래 남았다. 주인공 신부는 강 교장 선생님의 따님(음악 강사), 어언 지금은 90이 훨씬 넘은 할멈일 것이다. 필자는 더블 4중창, 지금은 고인이 된 계(桂) 군과 테너 파트에서 「언덕 위의 집」, 「즐거운 나의 집」을 결혼 축가로 불러 주위 눈길을 끌던 기억이 생생하다.

그런 음악 활동이 기반이 되어 일선 학교 현장에서도 학생 음악 지도에 크게 힘이 되었으며, 음악 보충 수업, 교체 수업 대상으로 바빴던 기억이 있다. 돌이켜보면 나는 예체능 계열에 재능이 좀 있었는가 보다. 교내 음악 체육을 전담한 때도 있었지만, 대외 음악 및 체육 행사에서 상장도 심심치 않게 거두어들였다.

퇴임 전 학교장 특색 사업으로 육성한 합창부가 전국 청소년 합창, 청주 콩쿠르에서 연거푸(2000~2001) 두 해 최고상, 대상으로 전국을 제패했던 쾌거도 떠오른다.

특히 전인교육에서 학교의 예체능 교육은 등한시할 수 없는 과목 아니던가!

푸니쿨리푸니쿨라 노래를 따라 부르니 그 시절 음악당에서 배웠던 노래들도 줄지어 떠오른다. 교재나 합창부에서 불렀던 가곡 중 「4월의 노래」, 「옛 동산에 올라」, 슈베르트·토렐리의 「세레나데」, 「솔베이지의 노래」, 「오 나의 태양」, 「돌아오라 쏘렌토로」, 「라팔로마」,

합창으로는 「스와니강」, 「언덕 위에 집」, 「유랑의 무리」, 「이별의 노래」, 「투우사의 합창」, 「꿈길에서」, 「푸니쿨리푸니쿨라」 등이 스멀스멀 스쳐 간다.

푸니쿨리푸니쿨라는 선율이 아름답고 경쾌하여 듣는 사람의 흥을 불러일으키기 안성맞춤이다. 어느 결혼 예식장에서 신랑 입장할 때 하객의 자진 박수를 끌어내는 곡으로, 식장 분위기를 압도한다. 또한, 이 노래는 이탈리아 루치아노 파바로티의 독특한 테너의 매력적 음색이 세계인의 애창곡으로 이끌었다.

중년까지는 레코드판으로 음악 감상 기회도 자주 있었건만, 지금은 IT에 밀려 구닥다리로 수납장에 잠자고 있음이 안타깝다. IT 및 다채널 방송, 유튜브로 쉽게 즐기나 그 시절처럼 레코드판의 은은하고 요묘한 맛은 덜하다. 요즘은 클래식이나 가곡보다 트로트가 요란스럽게 판을 덮는다.

오늘 동영상 푸니쿨리푸니쿨라 노래는 반세기 전 필자의 정서를 되돌아보고 그 시절 노래와 친구들을 기억해 보게 하는 파바로티의 진짜배기 동영상이었다.

- 2023. 12.

배구 사랑 동아리

_____ 사람은 그렇게 저렇게 어우러져 한세상 살아가기 마련이다.

일찍이 우리 농경 사회에서도 품앗이 두레 계 등 유사한 환경에 놓인 사람끼리 손발 맞추어 농사를 지으며 어울려 살았으니까! 사회생활이 다양화되면서도 등산, 낚시, 문학, 영화, 스포츠, 입·퇴사 동기, 동문, 동향 등 갖가지 취미와 적성 및 인연으로 동호회나 동아리 및 사회적 모임에서 그물처럼 얽히고설켜 생활하게 된다.

필자에게도 우연히 그런 기회가 하나 더 찾아왔었다. 학교 친목회에서 배구를 매체로 관심 있는 동아리와 어울렸던 시점이 바로 그것이다. "삶에서 진실한 친구 하나만 있으면 성공한 인생이라." 설파한 사람도 있었는데 그에 반하여 문인 고(故) 이어령 박사는 자기는 '친구가 없어 실패한 삶'이라고 말년에 겸손으로 후회했다.

이에 동호회나 동아리에서도 비슷한 성향의 사람끼리 어울리기에 그런 과제를 해결되는 실마리가 되는지도 모른다.

필자는 교장으로 학교 경영에서 직원 친목회에 방점 하나 더 찍고 친목 활동을 학기에서 월중 또 주중으로 배가했었다. 윷놀이 탁구 배구 발야구 볼링 등은 실내외 번갈아 가며 때에 맞추어 적절하게 하는 친목회 운동, 놀이 종목들이다. 친목 경기(놀이)를 통하여 서로 접촉하고 대화하다 보면 속내는 쉽게 드러나고 관계는 돈독해지기 마련이다. 친목회가 원활하게 운영되면 학교 경영과 업무 추진은 덤으로 따라가는 것을 여러 곳에서 보아왔고, 경험이나 체험을 통해 익히 알고 있었기 때문이다.

필자는 2002년 봄, 교직에서 정년퇴임을 하게 된다.

동료들은 평소 배구를 좋아하기도 했지만, 경기 후 뒤풀이로 교장과 격이 없이 막걸릿잔에 허튼 소리를 담아 마시며 속내 드러내 놓기를 더 즐겼다.

교장이 퇴직한다니까 '퇴직 후 분기별로 퇴직 교장과 배구하며 만나자.'라고 허물없이 터져 나올 분위기다. 그 모임이 배구 동호회다. 처음에는 석별이 아쉬워 1, 2년 하다가 직원들이 흩어지면 끝내겠지! 하는 인사치레 모임으로 생각했었으나 헛짚었다.

사람끼리 끌리다 보니 배구 동호회라기보다 사람 중심 동아리로 발전하여 배구의 끄나풀로 무려 22년 전통이 이어가니 감히 놀랄 수도 있는 일이다.

필자는 창립부터 12년간 회장을 연임하며 조직의 기초를 다지고 여러 사업을 벌였다.

'퇴직하면 뭐 하고 지낼 것인가?'란 과제는 우선 배구 동호회 뒤치다꺼리가 답으로 나왔다. 월 2회라 하지만 준비하는 처지에선 벅찼다. 매회 무료 체육관 대관이 가장 어려웠다. 준비물, 간식, 회식 자리까지 자질구레한 것도 차질 없이 뒷바라지해야 했다. 회식을 끝내면 후기를 작성하고 배사모 밴드에 탑재하여 불참한 회원들게 당일 행사를 소상하게 공지하는 마무리까지도 회장 차지였다.

하긴 그 자료가 뒷날 '배사모 후기'로 배사모 문집 1, 2, 3호 발간에 핵심 자료로 사용되기도 하여 큰 보람이었다.

생물학적 나이 60대가 배구 동호회 창립이라니 비웃음 사기도 했는데, 아니나 다를까 칠십 대 중후반 되니까 어깨와 무릎에 노화 현상이 눈에 띄게 오기 시작했다. '노화를 의식하지 않고 무리한 움직임'이라는 정형외과 의사의 진단은 배구 활동을 접으라고 권한다. 말맞추어 77세 희수를 맞아 심판 자격증을 목에 걸고 심판대로 올라앉았다.

그렇게 칠 년이 더 지나고 보니 필자가 배구에 빠진 것보다 회원에 취한 것이 분명했다. 품성이 갖춰진 스포츠맨들은 배려할 줄 알고 선후배 간 예절을 지키는 모습에 필자가 어느새 그 속에 깊이 빠져 있었다.

나이는 대충 20대 후반부터 다양하다. 오직 서로 존중하고 인정해 주니 노소동락(老少同樂)에 아무런 어려움은 없었다. 84세가 되니 겨울철 오후 5시 30분부터 밤 10시까지 경기 및 뒤풀이로 이어지는 야간 활동이 두려웠다.

어둠 속에 걸어 전철 바꿔 타고 귀갓길이 점점 겁이 났다. '노년의 낙상은 운명의 재촉 길이라며' 자녀들이 귀가 아프게 지저귄다. 한참을 뜸 들이다 심사숙고 끝에 '때는 이때다. 물러설 때를 알아야 한다.'라며 창립 주인공이었던 동호회에 은퇴 특별 메시지를 날렸다. 즉시 16명의 댓글, 수명의 전화, 표정 찍기로 아쉬움, 공로, 위로, 당부, 슬픔이 섞인 반응으로 쏟아졌다. 한결같이 남기는 말 '가긴 해도 아주 떠나진 말아' 달라는 아쉬움이 깔린 부탁 등을 송두리째 요약하여 정리하면 아래와 같았다.

▨ '나가야 하나! 떠나야 하나!' 석별이 전제된 주제가 가슴이 덜 커덩 내려앉았습니다. 초대 회장님이 걸어오신 길이 다리문 배사모 그 자체였고 전설이었기에 그렇습니다. 남겨주신 업적이나 보여 주신 리더쉽과 열정은 배사모의 전통이 되어 깊게 존경심을 갖게 됩니다. 배사모 행사의 초대에 오셔서 초대 회장으로 걸쭉한 덕담 한마디 주시길 간절히 소망합니다.

▨ 존경하는 왕 회장님! 체육관 들어서며 큰소리로 "안녕하세요?" 드린 인사에, 심판석에서 손 흔들며 미소로 답례하던 위풍당당한 그 모습이 배사모 참모습이었는데, 돌이켜보면 제겐 '정무적 판단으로 지명된 MVP'란 말씀이 인상 깊습니다. 또 전주, 대전 전지훈련에서 친지, 제자들의 환영 일색의 사건들을 몰고 다니셨고 배사모에 대한 애착이 으뜸이셨는데….

▨ 큰 바위 회장님! 전형적인 교육자와 따스한 표정으로 본보기가 되는 말씀, 듣는 것만으로도 행복했습니다. 회장님은 배사모의 역사로 언제까지나 우리와 함께해 주셔야 합니다. 언제 어디서나 이런저런 일로 자주 뵐 수 있으면 참 좋겠습니다. 회장님이 우릴 아껴주셨듯이 우리도 회장님을 항상 사랑하고 존경할 것입니다.

▨ 떠나시는 회장님! '댓글을 왜 쓰다 지우기를 반복했는지 자신도 잘 모르겠네요.' 배사모 가입부터 회장님 곁엔 제가 있었는데. 기대던 기둥이 사라진다니 받아들이기 쉽지 않아서였겠죠. 가입 때 두 손 잡아 주시고, 실수할 때는 '다음엔 더 잘할 수 있을 거야!' 어깨를 도닥여 주시던 손길, 배사모에 이제껏 남아 행복한 배구를 하는 원동력이 되었습니다. 그간 제게 세심하게 신경 써 주신 것에 반만이라도 보답하려

노력했나! 하는 반성도 뒤늦게 해 봅니다. 완벽하게 떠나시는 것이 아니라고 대답해 주소서! 인자하신 미소는 무형문화재 격입니다.

(현수막) 배사모, 추강 이행재 초대 회장 퇴임식
"그동안 '배사모'를 이끌어 주신 열정과 노력에 깊은 존경과 감사를 드립니다."

– 2023. 2. 27. 구리. 남양주 교원 배구 사랑 회원 일동

이화회(二火会)

_____ 배꽃 필 때 만나자는 이화(梨花)회가 아니다.

그렇다고 모일 때마다 양손에 꽃을 들고 모이자는 이화(二花)회
도 아니다. 오로지 매월 두 번째 화요일(二火会) 불 보고 달려드는
불나방처럼 사정 두지 말고 화요일에 만나 걷자는 모임이다.

모이는 친구들은 2002년 전후로 62세에 교직 정년을 맞았고 기
업 하던 친구들도 이때를 전후하여 대부분 2선으로 물러나 합류
한 어언 신중년을 벗어난 동기생들이다.

이들은 1960년 4·19 학생혁명이 일어났던 해 사범(師範)학교(교
육대학교)를 졸업하고 초등교사로 사회에 첫발을 내디딘 새내기 초
년생들이었는데 어언 간 교직에서 40여 년 2세 초등교육을 담당
하여 사명을 다하다가 때가 되니 정년을 맞아 가정으로 돌아왔다.

그러다 보니 하루아침에 백수가 되어 삼식이, 안방 샌님, 경로당
주인, 지공 선사 등 껄끄러운 별명도 뒤집어써야 할 어쩔 수 없는
주인공이 되기도 했다.

수도권에서 은퇴하고도 대부분 그 자리에 눌러앉게 되니 수도

권 과밀 억제 정책엔 어긋나는 셈이 되기도 했지만, 사실은 수도권 확장의 빌미가 된 산업화 시대 원동력의 역군들을 키워낸 수도권 발전의 숨은 공로자이기도 하다.

시간상으로 여유가 생기자, 이심전심으로 친구들이 하나둘 모여 한 달에 한 번 둘째 화요일 정기적으로 지하철 5호선 아차산역에서 만남이 시작이다. 야트막한 아차산을 오르며 잡동사니 이야기로 즐겁게 시간을 보내며 산행하고 점심엔 막걸리 한 잔씩 반주로 곁들인 후 때로는 치매 예방 차원의 고스톱판까지 벌였으니 즐기는 친구에게는 매력 덩어리 이화회가 되었다. 취향에 따라 쏠쏠했다는 재미가 수도권 각지로 확산하자 초록 동색들이 시나브로 하나둘 늘어나고 2년이 갓 넘자, 월 1회의 만남은 아쉽다며 매주 만나자고 긴급 동의가 통과됐다.

매주 화요일, 즉 매화(每火)회로 명칭을 바꾸고 비 오는 날은 우산 받고, 눈이 내리나 바람이 불어도 묻지 않고 빠짐없이 만났다. 즉 매화회가 되었다. 시시콜콜한 정보 교환이지만 보탬이 되는 때가 있다고 전해져 고향 모교 동기들도 일일 만남으로 가끔 찾아와 소식을 퍼 날랐다. 참가 범위가 수도권으로 넓어지자, 모임 장소를 서울 대공원으로 옮겨 걷기 운동에 박차를 가했다. 바르게 걷기는 가장 기본적이면서 준비물 없이도 언제 어디서 누구와도 같이 간편하게 할 수 있는 생활 운동이다. 옛날 사람들은 탈것이 별로 없어 걸어 다닌 것이, 너무 과하여 지나친 운동이 되기도 했지만, 요즘 사람들은 타고 있다가도 일부러 한 정거장 앞당겨 내려 부족한 하루 운동량을 보충하겠다고 걷는 사람이 종종 눈에 띄는 운동이다.

점심은 본인 생일, 자녀의 취업 승진 결혼 손주 입학 등 각종 사건에 맞춰 뒤풀이가 일수다. 그중 특별히 큰 상(床)을 차리고 싶을 때는 서울 지하철 4호선으로 오이도나 소래포구 바닷가로 다가가 생선회 안주로 한 잔씩 마시고 축하와 격려를 곁들여 짙은 농담으로 웃음을 자아내며 즐겼다. 더할 나위 없이 우리 딴엔 흥미롭고 가치 있는 모임이었다. 그땐 우리 만남이 이렇게 빨리 쪼그라질 걸 생각하지 못하고 시끌벅적 즐기기만 했었다. 돌이켜보니 신중년 그때가 우리 삶 후반기 전성기가 된 것 같아 그 추억이 더욱 새롭게 밀려온다.

같이 걷던 절친이 세상 떠남을 신호로 매년 별고가 하나둘 생기기 시작했다. 알코올 중독, 파킨슨, 치매, 심장 질환. 폐 질환 등으로 대여섯 명이 잇따라 떠나거나 칩거하고 있다. 부인의 병간호에 시달리는 친구가 모임에는 덩달아 낙오자가 되었다. 그러자 설상가상으로 코로나 19로 서울 대공원 걷기도 중단되었다가 거리 두기가 해제되면서 다시 모이기 시작했다.

그러나 그간 변한 환경은 매주 화요일(매화)에서 다시 둘째 화요일만(이화회)으로, 즉 1/4로 만나는 기회를 줄여야만 했다.

매화회가 한창일 때는 스무 명도 넘게 보이던 얼굴들이 다시 이화회로 늦추었으나 회장이 설레발 쳐야 절반 정도 만난다. 80대 세월은 시속 80km라고 하니 더 늦기 전에 한 달에 한 번이라도 날 잡아 만나자는 뜻이었다.

이화회라도 빠지지 않고 나가야 70년 지기 묵은 얼굴 맞대고 잊기 싫은 알토란 추억을 더듬으며 존재감 살리면서 아직은 건강함을 보여 주는 자리가 된다.

100세 시대를 운운하는 때 우리 이화회는 사는 것은 '철학자 K 교수' 뒤따르고, 가는 것은 'M 장관' 닮았으면 좋겠다고 쫑알거리며 서울 대공원 둘레길을 걷는다.

- 월간문학 2023년 7월호

임인(壬寅)년 섣달그믐

         서울에서 오늘 17시 23분에 해가 북한산 너머로 떨어지면 2022 임인(壬寅)년은 지고, 2023 계묘(癸卯)년이 뜨니, 따라서 흑호랑이는 꼬리를 감추고 흑토끼가 코를 벌름거리면서 나타나겠구나!

섣달그믐! 어원은 '한 해의 마지막 날'로 순우리말이다. 한자어로는 제일(除日) 제석(除夕), 제야(除夜)라고도 한다. 이때가 되면 흔히 등받이 안락의자에 비스듬히 뒤로 기대며 명상하듯 눈을 감고 지나가는 한 해를 아쉬워 되짚어 보며, 일 년 동안에 스쳐 간 크고 작은 사건들을 떠올려 보게 된다.

필자에게도 역시 하나, 둘, 셋이 순간 번쩍 떠오르니 말이다.

필자는 수필집 3호『천사대교와 퍼플섬』을 출간한 것이 첫째 사업으로 즐거움이었다.

3년 동안 코로나 괴질 병으로 활동이 제한되면서 너 나 할 것 없이 공포 속에 불편한 하루 생활을 이어왔다. 자연스럽게 실내 생활이 많아지자, 글쓰기 하는 시간도 많아져 수필집 출간이 앞당겨졌다. 수필집 2호 『두물머리의 추억』을 출간하고 시나브로 쓴다 던 글을 2년도 채 못 되어 수필집 3호를 앞당겨 출간하게 되었으 니 말이다.

지구촌 나들이로 출간한 『일찍 일어나는 새, 높이 나는 새야!』 문집이 수필 등단의 씨앗이 되었다면, 교직에서의 추상(追想)을 『두물머리 추억』에 담아 2집으로 그려냈다. 이번 문집 3호는 축간 사(祝刊辞)가 앞에 있어 제법 수필집 면모를 갖추게 됐다. 12월 3 일 서울 종로3가 피카디리 극장 6층에서 가족과 친지를 모시고 합동이지만 처음 출판 기념회를 하게 된 것이 코로나 세월에 그나 마 나에겐 큰 기쁨과 보람이었다.

수필집 3호를 살펴보면 54개 주제에 239쪽의 신국판으로, 500 권을 출간하여 교보문고 등 서울의 대형 서점에 배포하고 국립중 앙도서관과 국회도서관에 기증했다. 출판 기념회에서 문우들에게 기증되고, 그 외 친구들에게도 출판 인사로 선물했다. 필자는 나 름대로 소박하고 진솔한 내용만을 담으려고 노력했다.

한편 요즘 전자 시대라 서적보다는 전자도서 인터넷 등 기기를 이용한 SNS로 지식을 전달하고 문화 교류를 체험하는 기회가 많 아져 서적 선호도가 많이 떨어져 있는 현실이다. 그렇지만 필자는 그간 사지(四肢) 활동 중심의 스포츠 애호가 위치에서, 만절(晩節) 에 글쓰기로 옮겼다. 세 번째 수필집을 출간하고 보니, 문학에 대 한 나름의 자부심과 긍지가 생긴 것도 보람이다. '늦었다고 할 때 가 빠른 때'라더니 더 노화로 원기나 기력이 나약해지기 전에 글쓰 기로 재빨리 전환한 것은 여가를 활용하는 가치 있는 일이라고 스 스로 자위한다.

둘째로 의사를 신뢰하고 수술을 맡긴 일이다. 멀쩡하던 무릎이 어느 날부터 시나브로 통증이 오는 것 같아 엑스레이, MRI, CT 사진까지 찍어 영상 사진을 확인하더니 노화 상태에서 연골이 닳아 염증이 생겼다고 진단한다. '어떤 사람은 나이가 많아도 멀쩡하던데 왜 나에겐 이런 증상이 성급하게 생겨 칼을 대야 하는가?' 자괴감이 들어 한편 분하고 억울한 느낌이 왔었다.

생사를 가를 중병은 아니었지만, 입원하여 전신 마취하고 몸에 칼을 대어 수술한다는 것 자체가 심적 부담이 말할 수 없었다. 의사는 '2박 3일 입원 치료'가 가능하다 했지만, 후유증 있을까 봐 휴일 끼고 스스로 4박 5일 늦춰 입원했었다.

수술 후에 신체 변화는 중병이나 치른 것처럼 수술 전과는 상황이 사뭇 달랐다.

필자는 그간 매주 화요일 친구들과 서울 대공원 동물원 둘레길 4.5~7km를 1시간 30분에서 2시간 가까이 산책하는 데는 전연 부담이 없는 몸 상태였다. 그러나 수술 후에는 그 코스가 멀고 벅찼다. '신체는 어떤 계기로 변화의 조짐이 보이며 전체적인 균형이 깨진다.' 하더니 필자에게는 무릎 수술하고 눈에 띄게 생활에 변화가 오는 것 같았다.

늙어 가는 것이 눈에 훤히 보이는 것 같아 투덜거려 보았다. 드디어 올해로 이십여 년 매주 화요일마다 어김없이 산책하던 코스가 하루아침에 바뀌었으니, 큰 변화로 '올 것이 오는구나!'라며 속을 가라앉히기 힘들었다.

마지막으로 2남 1녀의 장성한 자녀에게서 손자가 겨우 셋이지만, 그것도 다행이지! 요즘처럼 안 낳는 시대에 친구 00처럼 하나도 없으면 어쩌나? 자위하며 지낸다.

둘은 아직 국내대학 재학 중인데 끄트머리 녀석은 지난 8월 미국 아이비리그급 대학 유학길에 올랐다. 국제화 시대가 되어 지금 해외 유학은 보편화되어 자랑거리도 아니다. 농경시대의 농촌에서 서울 유학하는 것보다 지금의 해외 유학은 더 손쉽게 시행한다. 그렇지만 밖으로 단신 떠난 손자가 어리게만 생각되어서인지 자꾸 떠오른다.

동기생들이 팔순을 넘어서더니 매년 4~5명의 친구가 황천길로 떠난다. 필자는 이렇게 만년까지 건강복을 주신 부모님께 항상 깊은 감사를 드리며 보람된 일을 찾아 실행하는 것으로 보답하고 싶다.

계묘 흑토끼 새해도 건강 챙겨 수필문집 4권을 준비해야겠다.

섣달그믐이 되면 인연으로 알고 지내던 모든 임께 그간 주신 은혜와 사랑에 감사한 마음을 전하고 싶다.

– 2022. 12. 31.

뭉쳐야 찬다 2 (어쩌다 벤져스)

　　　　「뭉쳐야 찬다 2」 JTBC 예능 축구단 이름이다.
'뭉친다.'라는 단어는 묵직하고 힘 있게 들려 강조할 때 많이 쓰이는데 축구에서도 '뭉쳐야 찬다'라고 빌려다 붙이고 있다. 일제강점기를 벗어나 나라가 혼돈 상태로 위기에 몰렸을 때도 건국 초대 이승만 대통령은 "뭉치면 살고 흩어지면 죽는다."라는 구호로 국민의 단결을 간절하게 호소하여 해방 후 격변기와 6·25를 슬기롭게 이겨내기도 했던 나라를 구한 명 구호이기 때문이다.

약자로 '뭉찬' 팀은 한국 스포츠 각종 국가대표 선수가 메달리스트가 된 뒤 은퇴했거나 아니면 아직도 현역이면서도 타 종목인 축구에 남다른 애정이 있어 기본적인 축구 오디션 1, 2차를 거쳐 선택된 메달리스트로 조직된 팀이다. 이들은 예능에도 약간의 끼가 있어 보이고 잠재된 스포츠 DNA를 계발하여 발휘하는 운동 감각이 탁월한 스포츠 귀재들로 보였다.

처음 시작할 때 '쇼 일변도로 웃음거리의 경기가 되지 않겠나!' 미리 짐작했건만 그는 기우였다. 오디션 과정에서 자기 주 종목의

캡틴이었던 선수도 컷오프되는 것을 보고 장난이 아니구나! 긴장과 흥미를 동시에 확 불러왔다. 감독과 코치가 자리를 잡아 부드러우면서도 규칙과 질서가 엄격한 스텝으로 예능이면서도 예능 같지 않게 진행하는 것도 볼거리였다.

필자는 그간 여러 스포츠를 사랑하며 지내왔다. 그렇지만 스스로 어느 종목, 개인, 팀의 팬이란 단어엔 매우 인색했으며 종목을 가리지 않고 언제 어디서나 약한 팀과 개인 묘기에 응원하는 편이었다. 그러나 요즘 '뭉쳐야 찬다'의 예능 프로그램에 관한 관심은 팬이라고 해도 과언이 아닐성싶다. 왜? '일요일 그 시간이 기다려지니까!' 예능이지만 이들은 자기 종목 외에 새로운 타 종목에 도전하여 발굴의 정신과 그만의 스포츠 센스로 새롭게 성취하는 모습이 눈에 띄어 대단하고, 신기해서인지도 모른다.

배구 농구·테니스, 스케이트, 수영, 레슬링, 태권도, 럭비 등 대중화된 종목에서 눈에 익은 선수들에게는 관심이 좀 덜 갔다. 종목도 생소하고 올림픽이 아니면 보기에 쉽지 않은 경기종목으로 카바디, 노드 리가복합, 라크로스, 루지, 스켈레톤, 철의 3종, 요트, 스키점프, 가라테 이종격투기 등의 숨은 경기종목에서 남들이 인정하든 안 하든 치고 올라온 선수들이라 관심과 눈길을 끌었다.

국내 대회는 물론 각종 국제 대회에서 정상을 차지하고도 별반 환영 인파도 없이 조용히 귀국한 숨은 국위선양자들을 이번 기회에 만나게 되어 더 애정이 가고 존경하게 되었다. 메달을 딴다는 자체는 그 종목에 최고 경지에 이르렀다는 것인데 말처럼 쉬운 일일가! 세계인들을 상대로 1~3등을 차지했으니, 그들의 열정과 피나는 노력을 과소평가해서는 안 된다.

이처럼 자기 분야의 운동 종목에서 챔피언이 된 선수들이 운동

감각만 믿고 생소한 축구에 새 출발하듯 발을 디뎌 첫 단계부터 스텝을 밟는 모습이 너무 아름답고 귀여웠다. 그들에 잠재된 스포츠 DNA가 발동되어 일취월장하는 모습은 흥미롭고 감동적이었다. 진짜 전천 후 스포츠맨을 보는 기분이기 때문이다.

「뭉쳐야 찬다」의 프로그램 진행 중 전국 도장 깨기 및 명문 조기 축구회와 친선 경기가 펼쳐지면 매우 흥미 있었다. 이들 상대 팀은 10~30년 전통 있는 팀이거나, 초중고 선출, 심지어 국대 선수가 낀 경력을 앞세워 기세등등한 팀도 있었다. 조기 축구 왕 중 왕 골키퍼의 전력을 앞세우는 팀에게 뭉찬 팀이 거침없이 선제골을 넣은 명장면은 나 혼자만 보긴 너무 아까울 때도 있었다.

킥, 패스, 드리블, 볼 트래핑, 숏, 헤딩, 위치 변화 등 축구 선수들이 갖춰야 할 기본적 기술은 물론 작전까지도 한 단계 두 단계 신속하게 밟고 나가는 것이 너무나 대견하고 신기하여 박수를 보내며 시청한다. 일반적인 평가는 K 리그 프로 선수들보다 한참 아래지만 경기중 그들과 엇비슷한 모습을 보일 때가 있어 웃음을 주며 진지함을 보이는 예능팀이다.

공교롭게도 그들 비인기 종목 선수들이 단연 팀에서 선발 출전되어 공격 수비에 선도하는 모습이 그들의 진가다. 그들이 만일 축구를 주 종목으로 택했다면 아마 국가대표 축구 선수 몇 명은 일찌감치 짐보따리를 챙겨 물러났어야 했을는지도 모른다.

그들에게서도 멀티플레이어가 있어 호기심을 더해간다. 뭉찬의 현재 키퍼는 본의 아니게 세 사람이 되었다. 경기 중 두 번 교체가 다반사다. 교체되는 키퍼는 골 먹지 않고 임무 완성했다며 커트의 불안감에 당당히 으스대며 코믹한 표정으로 너스레를 떠는 모습은 완전 예능이다. 이 경기를 통해서 비인기 종목의 경기를 알게 된 소득이 있으며 음지에서 스포츠의 발전을 위하여 전력투구하는 선수들의 진가를 재평가하고 인식할 기회가 되어 좋았다.

뭉찬 시청자는 15세 이상이다. 그냥 웃음으로 넘기는 경기가 아닌 선수들이 성장하는 과정이 놀랍고 대단했다. 평균 시청률이 4~5%라고 하는데 전국의 조기 축구 회원은 단골 시청자가 아닐지 싶다. 전반전이 끝나고 감독은 장단점을 좌판에 그리며 설명하면 고개를 끄덕이는 장면이 참 보기 좋다. 몰랐던 것을 이해하며 축구 하나 더 배웠다고 긍정하는 모습으로 보이기 때문이다.

방송국마다 남녀 스포츠인 및 연예인들이 크고 작게 재능을 펼치는 스포츠 예능 프로가 있지만 단연 우수한 프로 중 하나같다. 더욱 내실 있게 하여 시청자에게 건전한 예능의 즐거움을 주며, 또 간접적으로 스포츠 발전에도 보탬이 되면 참 좋겠다.

– 2023. 1.

작가와의 대화

　　　── 카페, 서점 등에서 주로 유명 작가가 쓰던 이름을 빌려 우리 만남도 품위 찾아 '작가와의 대화'라고 했다는데 낯이 좀 간지럽다.

　오늘 필자가 초청받은 만남 이야기다.

　대형 서점에서 인기 작가가 판 책에 직접 사인을 해주는 전형적인 모습이 스쳐 지나간다. 또 어느 카페에선 차 한 잔 마시며 인기 작가의 이야기를 듣고 질문하거나 격의 없이 토론하여 남겨주는 말로 채워가며 책의 참모습을 알아차리기도 한다.

　오늘 모임은 그와는 거리가 있지만 듣기 좋게 붙여진 이름이어라! 저자가 대작을 출간한 것도 아니고 단지 등단하여 수필집 서너 권 출간했다고 감히 저자와의 대화로 붙이기엔 부끄럽고 민망한 일이기 때문이다. 그러나 허물없는 우리끼리의 자리이지만 나름대로 마음 준비를 하고 들어섰다.

　참석자는 6명, 모두 현직에 있을 때 나의 동료들이었다. 필자는 당시 교장, 나이 차이가 크게 나지 않았지만, 지금은 같이 가는 지난 여선생님들이었다. 오늘은 신중년이 되어 자녀들 모두 분가시키고 손주들 그리며 내외 사는 할멈들의 편안한 모습이다. 가끔 소식을 묻고 지내던 가장 젊은 선생님에게(총무) 필자의 수필집 출간 소식을 전하고 한 부 선물하고 싶다고 운을 띤 것이 만남의 연결고리가 되었다. 그들은 다섯 명이 정기적인 모임을 하고 있었던 것 같다. 소식을 전해 들은 여타 회원들은 "나도 받고 싶다. 왜 나는 빼 놓느냐?"라고 원성이 높다는 소문에 모두에게 기증했더니 '저자와의 만남'이라고 이름을 빌려오게 된 것이다.

이름을 '작가와 만남'이라 했지만, 사실 은퇴 직후 20년이 넘게 바람결에 흐르는 소식들로 진짜와 가짜가 어려웠으니 어떻게 건강을 유지하고 무얼 하며 지내고 있는가? 얼굴 맞대고 확실한 안부를 알아보는 만남이 더 정확한 본뜻이다. 참 반가웠다. 얼굴은 이십 년 전이나 별반 다름없이 뽀얬으나 흔히 나이 들면 여성에게 범접하기 쉬운 무릎과 허리가 이상이 생기는 고질병이 안타깝게 둘에게 찾아왔다. 이십여 년 전 교장과 교사로 만남이 토라지지 않고 식지 않았으며 이렇게 반가운 얼굴로 만나 옛이야기를 펼쳐 볼 수 있다는 것이 나로서는 기쁨이고 다행이다.

그들은 누가 먼저랄 것 없이 필자에게 '대단하다'라는 단어를 돌려쓰며 칭찬한다. 눈이 침침하여 읽기도 쉽지 않고 쓰기는 더더욱 멀어졌는데 퇴직 후 하물며 수필집을 세 권째 출간한 것이 대단하다고 한다. 필자 대답은 신경 써서 읽어야 하는 대작품이 아니고 평범한 우리들의 일상생활을 기록한 것이라고 허름하게 답변했다. 그랬더니 어떻게 그렇게 어렸을 때의 기억이 또렷하며 육십 년 전 사연을 생생하게 기억할 수 있는지 기억력에 놀랐다고 한술 더 뜬다. 그러니까 좀 빠진 것도 있고 흐릿한 것도 있다고 너스레를 떨었다. 이어서 혼자 계시면서 건강 관리도 현직에서 뵌 얼굴이나 별반 다름없다고 늘어놓는다.

이번엔 내가 본격적으로 수필집에서 기억에 남는 것이 혹 있느냐고 먼저 물었다. 거리낌 없이 '말벗'과 '인연'을 들추어낸다. 지금 우리 현실과 가장 가까우면서 흔히 주위에서 있을 수 있는 일이라 관심이 있는 것 같았다. 나도 짐작했던 주제다. 우리들의 인연이란 참 알 수 없는 일이다. 불가에서는 스치기만 해도 전 세상을 끌어와 운운한다, 우리는 한번 인연이 영원토록 이어가기도 하지만 인연이 끊겼다 다시 이어 가는 끈질긴 인연도 있다. 결혼하여 같이 살던 인연도 영원한 인연이 못되면 이혼하고 남남이 되어 끝나기도 한다. 그래서 인연은 알 수 없는 수수께끼라고도 한다.

문집에 나온 인연은 결혼할 인연은 아니었고, 황혼길에 서로가 홀로 됐을 때 말벗 인연이 된 것 같다고 했다. 그런 내용에서 다분히 공감되는 부분이 있었는가 긍정적으로 받아들인다. 빈약하지만 다행히 이 말 한마디로 작가와의 만남을 흉내 내는 자리는 되었다.

그들이 잊지 않고 꺼내놓는 추억이 아름다웠다. 늙으면 추억이 아름답다더니 여기에서도 한 가닥 펼친다. 현직에서 여가 활동으로 '사물놀이패'를 운영한 자락이다. 학교장의 재량으로 취미 여가 활동에서 사물놀이를 할 수 있도록 여건을 마련해준 처사다. 소요 경비까지 지원되어 발표회까지 열렸던 것은 녹슬 수 없는 사건으로 추억이라고 한다. 내가 생각해도 일과 중 교내에서 자투리 시간을 모아 활동을 허락하는 것은 그때만 해도 학교장의 대단한 결단이었다.

기능 연마 및 스트레스 해소는 물론 그를 계기로 지금까지 인연이 되어 만남을 이어가고 있다고 한다. 그 잔정이 오늘 이 자리가 되는 데에 보탬이 되었다고 덧붙인다.

참 쉽지 않은 만남이다. 남자도 아니요, 동창도 아닌 동료 여교사들이 20여 년이 흘러 수도권 동서남북 변방으로 멀리 흩어져 사는데도 자주 만나 안부 묻고 정답게 이야기할 수 있었던 것은 현직에서 사물놀이를 같이했던 인연이라고 강조한다. 거기에 일조한 필자도 듣기에 뿌듯했다.

오늘 모임은 수필집에 관한 이야기보다도 70~80대 옛 동료들의 밝고 건강한 모습 뵌 것이 더 즐거웠다. 작가와의 대화로 핑계 삼아 만났어도 잊혀 가는 추억을 떠올려 공감한 것이 인상적이었다. 다음 만날 때도 지금 모습대로 이어가자며 일명 첫 '작가와의 대화'는 이렇게 끝맺었다.

- 2023. 1.

떠나자 들어오고

───── 수도권 K 중소도시에서 있었던 일이다.

시청 산하 청소년 재단 대표 이사 이야기다. 본 기관이 생긴 이후 줄곧 시장 측근의 지방 정치인들 전유물이었던 자리다. 운영의 잘잘못은 차치하고 시장의 향배에 따른 정당인들이 번갈아 나눔의 자리였다. 그것도 그럴 것이 시장의 산하 기관이기 때문에 어쩔수 없이 논공행상의 자리가 된 것 같았다. 그런데 지난 시장 때부터 청소년 사업은 전문성이 있는 지방의 일꾼에게 맡기려는 시장의 의지에 따라 다행히 대표 자리가 청소년 교육 관련인으로 넘어간 것 같다.

마침내 같은 동호회 절친 회원이 그에 합당한 경력과 능력이 있어 손꼽히는 인사들과 경합하다가 공채 과정을 통하여 가까스로 선정되어 연임까지 하였다. 그는 교육자로 교장 재임 때부터 청소년봉사활동단(NGO)을 조직하여 틈틈이 시내 각처에서 청소년과 같이 봉사활동을 했는데, 그 업적이 청소년 재단 대표로 선임되는데 결정적인 발판이 된 것 같았다.

청소년 활동은 학교에서도 하지만, 청소년 봉사활동 행정 조직은 교육 행정과는 거리가 좀 있었다. 그는 교육자의 체통으로 훈련 내용과 경영을 합리적으로 펼쳐 개혁 차원의 기대가 되어 상부 기관으로부터 인정을 받은 징표가 있었다. 재임 중 경영 우수기관장으로 표창도 받고 격려도 받은 자랑할 만한 흔적이 그의 방에 줄줄이 놓여 있는 것이 말이다.

그런데 지난 지방자치 단체장 선거에서 시장이 재선되지 못하고 상대 정당 후보에게 밀리고 말았다. 시장이 재선되지 못한 것이 청소년 재단 대표에게도 전례에 따라 자연스럽게 영향이 미치는 것 같았다. 성과 여부는 다음의 문제다. 그렇다고 누가 자리를 비워달라고 공식적인 요청이나 압력은 없었지만, 전례에 따라 본인이 계속 근무하기가 편치 못했던 것 같았다. 신임 시장의 지향하는 방향과 약간 차이가 있기 때문인 것 같다. 이에 고민을 거듭하다가 임기 몇 개월을 남겨놓고 자진 사의를 표하며 자리를 비워줬다. 그는 업무 처리 능력이 탁월하고 대인관계가 원만했던 것으로 평가되었으나 임명권자가 바뀌자, 임기 전 스스로 자리를 물러나는 것이 어쩜 중앙부서와 비슷한 흐름으로 대세를 따르는 것 같았다.

그는 물러나면서 그간 소홀했던 가정에 이제 부인 건강부터 챙기면서 틈나면 취미 활동으로 익히다가 휴면 상태에 놓여 있던 색소폰 연주를 다시 하겠다고 미소 지으며 말한다. 그러더니 곧바로 글쓰기에 접어들어 계간 한국 창작문학 수필 장르에 등단하여 문학 취미 활동을 하는 문학인도 되었다.

마침 뒤를 이어 그 자리에 앉게 된 신임 대표도 한때 NGO 환경 단체에서 임원으로 봉사활동을 했음은 물론 현직 때 스카우트 활동의 교관이며 지도자이다.

마당발 스카우트 지도자는 전국 네트워크로 수많은 교관과 소통하여 스카우트 발전에 공을 세운 것으로 알고 있다.

위 같은 공적이 참조되어 청소년 재단 대표에 선임된 사실을 어느 날 전화를 받고 알았다. 그러나 "잘 알고 있는 전임 대표가 임기를 다 채우지 않고 비워준 자리라." 아쉬워하며 겸연쩍게 인사말을 덧붙인다.

필자를 취임식에 초청하겠다는 말도 넌지시 끼워 넣었다. 그러나 며칠 후, 시청의 긴축재정 방침에 따라 별도 취임식 행사는 없고, 부임하여 근무한다며 "시간이 될 때 들리시어 차 한잔하시며 덕담을 주시면 고맙겠다."라고 전화가 왔다.

1월 2일 부임했으니 1월 넘기기 전에 축하해 주는 것이 도리일 것 같았다. "언제쯤 시간이 되시는가요?" 전화했더니 돌아오는 금요일 어떠시냐고 되묻는다. 마침 그날 "지인 몇 분 만나기로 했으니 시간 되시면 왕림하시죠." 한다. 나는 최근 출간한 수필집을 꺼내 들고 그를 찾았다. 마침 일찍 도착하니 혼자 있어 축하 인사를 넉넉히 하고 근황도 설명 들을 수 있었다.

교육 행정 했던 학교장이 일반 사회 기관장을 한다는 것이 말처럼 쉽지 않다. 일반 기관은 사업 내용 자체가 민원의 소지가 널려있음으로 대부분 협의하여 합의하고 설득해서 조율하는 업무를 추진한다는 것이 학교 행정과는 차이가 있기 때문이다. 이런 내용을 담화하면서 '수십 년 청소년 지도자를 했기에 커리큘럼은 잘할 수 있을 것 같은데 다양한 인적자원관리가 새롭지 않겠나!' 생각된다고 반복한다.

그의 특이하게 남다른 '친화력과 배려심'으로 '잘할 수 있을 것'

이라고 응원했다.

시간이 되자 예정 인원이 하나둘 모였다. 단장의 선배, 수도권 동창회장단, 관내 퇴직 교장, 지방 유지 등 6명이 모여 환담했다. 환담이라고 해야 새로 취임한 단장에게 덕담하고 서로 초면이기에 자기소개와 근황을 말하면서 차 한 잔씩 마시고 단장의 건강과 청소년 단체의 발전을 기원하며 자리에서 일어났다.

취임한 K 대표는 전직 부부 교장(부인 시화 작가)으로 필자와 돈독한 유대로 지내오면서 난 그에 대한 신뢰감이 컸다. 대표와는 한때 같은 동호회원으로 평소 동료에 대한 배려, 선배에 대한 예의 등이 남다르게 한 몸에 밴 후배라는 선입관이 사랑과 존경으로 이어졌다.

본 단체에서 우연히 우리 동아리 선후배가 대표이사를 연잇게 된 것은 동아리 초대 회장으로서 큰 기쁨이고 자랑거리였다. 아무쪼록 명실상부(名実相符)한 대표이사로 거듭 성장 발전하시기를 기원한다.

– 2023. 1.

어리둥절했던 아침 전화

————— 수필집을 출간하고 얼마쯤 지나니 독자의 반응이 접수되기 시작했다.

독자는 수도권과 고향 쪽에 반반일 것 같은 데 반응의 훈풍은 남쪽에서 더 많이 몰고 온다. 책을 출간하면 독자들은 나름대로 이러쿵저러쿵 반응하기 쉽지만, 저자는 그 한마디를 예민하게 귀 기울이게 된다.

공감하는 부분이 있었다든지 자그마한 감동이 일었다고 긍정적이면 말할 나위가 없이 반갑지만, 그렇다고 쓴소리는 내팽개치느냐? 아니다. 약은 입맛에 쓰다고 하듯 발전의 촉진제가 되기에 거리낌 없이 받아 소화할 도량을 갖춘 것이 저자들의 일반적인 자세가 아닌가 싶다.

오늘 아침 식사를 마치고 커피 한 잔 마시려고 소파에 앉자마자 핸드폰 벨이 거실의 적막을 깬다. 혹 요즘 자주 걸려 오는 독자의 핸드폰 벨인가 싶어 얼른 핸드폰 덮개를 열어보았으나 필자 핸드폰에 입력되지 않은 낯선 010 전화번호를 보고 실망했다. '여론조사

같은 것이겠지!' 하고 망설임 없이 덮었다. 그래도 또 벨이 계속 울린다. 정당 선호도 등 '여론조사에는 관심 없어 꺼버릴까?' 하다가 혹시나 하는 미련이 남아 뜬 전화번호를 자세히 보니 다시 걸려 온 전화이기에 받아봤다.

첫마디가 "전 교육의원 ○○입니다."라고 들린다. 감이 잘 안 잡히는 낯선 전화였다.

잠시 자기소개에 귀 기울이다 보니 언젠가 전주에 갔을 때 스치듯 통성명한 명사가 떠올랐다. 기억을 더듬어 보니 한때 교육위원회 의장 했었다는 꼬투리가 기억되어 마음의 인사 준비를 하게 되었다. 그분은 "반갑습니다."라고 하더니 생뚱맞게 내 수필집을 들먹이며 표지의 제목이 눈길을 끌어 접했다고 말한다. 이야기를 듣는 순간 그분에게는 수필집을 기증한 기억이 없어서 의아했다.

교장 선생님의 "수필집 『천사대교와 퍼플섬』을 아주 감흥 깊게 읽고 그냥 덮을 수가 없어 전화를 드립니다." 하고 격에 맞는 인사말이다. 수필집 제목을 말하는 것이 내 수필집이 분명했다.

수필집에서 "우리가 거의 같은 시대에 태어나 성장 과정이나 시대의 사회적 환경이 비슷하여 경험이나 느낌이 공감으로 많이 와닿아 여러 생각을 하게 되었는데, 기억이 대단하십니다."로 쏟아내며 이야기를 계속한다.

"초등학교 6학년 때 6·25 사변을 맞아 피난 지역 친척 집을 기웃거리며 어린 시절 어렵게 학교 및 사회생활 한 것이 대동소이하여 그때 생각이 솟구쳐 가슴이 뭉클했다고 소감을 피력한다. 6·25로 학교를 쉬게 되었던 일, 그 여파로 중학교 진학 과정이 파란만장했던 기억 등에 공감이 된다고 한다.

또, 전후(戰後) 중학생 시절 갈팡질팡 고교 진학 과정에서도 생각이 엇비슷했었다고 술회한다." 저자로서는 추억을 공유할 수 있었던 독자를 찾은 것이 기뻤다.

인상도 뚜렷하지 않은 인사가 이렇게 공감하면서 전화로 격려해 주고 힘을 보태주니 어찌 반갑지 않으랴! 그러나 이야기를 '전화로 다 나눌 수가 없어 아쉽지만, 기회가 오면 만나 차 한잔 앞에 놓고 더 깊은 이야기를 나눌 수 있으면 참 좋겠습니다.' 양해를 구하면서 마무리했다.

전화를 끊고 곰곰이 생각하니 어떻게 수필집을 접하게 되었는가부터가 매우 궁금했다. 그를 처음 내게 소개해 준 지인에게 사실을 알리며 어떻게 된 일인지 자초지종 알아보았다. 지인은 수필집을 전해준 사실은 없고, 회원이면 수시로 들락거리는 도(道) 교육 삼락회 사무실에 수필집 한 권 공용으로 비치해 놓았는데 아마 거기서 찾아 읽은 것 같다고 짐작한다.

사실은 그분은 사회적 활동을 많이 하는 도(道) 단위 기관장을 역임한 인사라고 덧붙인다. 생활체육도 지부장, 한나라당 도당위원장, 교육위원회 의장, 학교법인 D 학원 이사장, 교육학 박사로 이곳저곳 경계 없이 넘나드는 이 고장 저명한 인사라고 재차 강조한다.

그토록 바쁘고 다양하게 사회활동을 하시는 인사가 필자의 수필집에 대한 소감까지 챙겨주시니 더없이 고맙고 한편 송구스럽기까지도 했다.

수필집 3권을 출간하고 두 달이 지났다. 여러 곳에서 메시지나 전화로 서평이 들려왔다. 그중 남쪽에서 들려오는 메시지가 연일 날 들뜨게 했다. 눈물을 훔치며 읽었다는 제자에 이어서 편지처럼 그리움이 한데 쌓인 제목에 매달려 전화기를 놓을 줄 모르는 독자도 있었다.

책벌레 지인은 아침에 받아 들고 꼬빡 밤새워 완독했다는 믿기 어려운 음성도 전화에 얹혔다. "왜 우리 이야기는 없느냐?" 하고 동아리의 독서왕 원성도 남쪽에서 들려왔다. 아마 필자가 남쪽에 살 때 기억을 많이 소생시킨 이야기가 많아서 그런 것 같았다.

어쨌든 세 번째 수필집을 출간하고 유달리 독자의 반응이 많았고 대화가 많아 기뻤다. 내용이 독자에게 새롭게 다가가지 않았나 조심스럽게 생각해 본다.

오늘 아침 미처 기억하지 못한 전화를 받고 매우 어리둥절했으나, 듣고 보니 참 반갑고 훌륭한 품격을 갖춘 존경스러운 인사였다. 이번 수필에서 유달리 다수의 독자와 폭넓은 대화로 소통이 이루어져 저자로서는 큰 보람이다.

- 2023. 2.

정월 대보름

——— 정월 대보름, 한자로는 상원(上元)이라고도 한다. 필자가 어렸을 때 농사짓는 우리 마을에서는 정월 대보름을 또 하나의 작은 명절같이 지냈다. 바지, 저고리, 조끼에 대님까지 맸던 설빔 한복차림이 정월 대보름까지 이어져 한결 명절 분위기를 돋웠기 때문이다.

그러니 설 다음 작은 명절임이 분명했다. 세배도 못 한 사람은 이날을 맞아 대보름 세배를 했으니 말이다.

정월 대보름의 행사는 농작물 풍작으로 풍년을 기원하며 가족이 무병하기를 기원하는 하나의 고사(告祀) 같은 민속 행사가 많았다.

이날은 무엇보다 찹쌀과 밤, 대추, 잣, 은행 등으로 약밥을 짓기도 하고, 또 다른 쪽에서는 찹쌀 콩, 팥, 조, 수수 등으로 오곡밥을 먹어야 한다는 세시 풍습이 으뜸이었다. 그런데 필자 집 어머니는 주변에서 우선 구하기 쉬운 찹쌀, 콩, 팥, 밤, 대추로 지은 약밥 오곡밥 구별하지 않고 손쉬운 대로 짬뽕 약식 밥을 해서 먹었던 기억이 난다.

사실은 짬뽕밥을 먹었던들 어떠했으랴! 이 시절 오곡밥은 그렇게 신기한 밥이 아니었다. 쌀이 절대 부족하여 평소에 잡곡밥을 주로 먹기 때문에 오히려 흰 쌀밥이 귀하여 흰 쌀밥 먹기를 원하는 시절이었다. 절대량 쌀이 부족하여 주식이 잡곡밥이 되었기 때문이다.

그나마 잡곡도 부족 한때는 묵을 써먹는 도토리나 상수리를 산에서 채취하여 말려 껍질을 벗긴 후 물에 오래 담가 떨 분 맛을 우려낸 뒤 삶아 잡곡과 섞어 밥으로 먹기도 했으니 얼마나 쌀이 귀했는가를 미루어 짐작할 수 있는 때이다. 그래도 전통적으로 내려오는 관습에 오곡밥 형식을 갖추어야 찜찜함이 덜했던 어머니의 마음이었다.

지금은 쌀이 남아 넘쳐나기 때문에 매년 처리하기에 많은 경비가 소요된다고 정부는 걱정이며, 쌀의 가공식품을 권장하면서 소비에 골치를 썩이고 있으니 참 격세지감이다.

이날은 또 묵은 나물을 챙겨 영양을 고루 섭취해야 한다면서 고사리, 시래기, 호박고지, 무말랭이, 고구마잎, 버섯, 콩나물 토란대 등 7가지 등을 선호하여 보름나물로 했었다. 하루에 아홉 집을 다녀 아홉 그릇의 밥을 먹고 나물을 먹어야 한다는 풍습으로 이웃집 밥으로 모처럼 포식했던 기억이 난다.

또 웬 부스럼이 그리 많았던지! 부럼 깨기가 있다. 밤 호두 땅콩 등으로 부럼 깨물기를 하여 일년내 부스럼 나지 않고 건강하게 지내기를 기원하는 부럼 깨기는 지금도 어른들 계신 집에서는 정월 보름날 아침 가족에게서 쉽게 볼 수 있다. 아침 맑은 술로 귀 밝기 술은 어땠을까? 주로 어른들 몫이지만 옆에서 한 모금 얻어 마시고 얼굴이 빨개 화끈대기도 했었다. 지금 과학 시대에 돌이켜보면 말도 안 되고 어리석은 짓 같지만, 지성이면 감천이라고 하늘도 알아서 도와줄 것이라는 막연한 민속 신앙에 심취해서 전통적인 민속 행사의 하나였다. 쥐불놀이는 어쨌던가? 논두렁 밭두렁 해충알 번데기를 태우다가 바짓가랑이에 불이 붙어 소리치며 뛰고 등글고 몸부림쳤지만, 결국 같이 놀던 옆에 친구가 자기 조끼를 벗어 후려쳐 꺼졌기에 장딴지 큰 화상을 모면하지 않았던가! 정월에 보름 쥐불놀이하면 오래되었지만 지워지지 않고 떠오른다. 요즘은 산불 위험으로 단속한다.

이런 정월 대보름 행사는 대부분 어머니와 같이 살면서 있었던 어렸을 때 일인데 세월이 지나면서 아내가 세시 풍습을 답습해서 거의 같은 흉내를 내며 70~80년대를 살아왔다. 정월 대보름의 세시풍속은 우리나라 농어촌 어디에서든지 비슷한 음식과 놀이를 하며 이어왔다.

『삼국사기』에 기록이 되어있다고 하니 그 역사를 가히 짐작할 수가 있다. 이는 대부분 농촌에서 이루어진 일이기에 지금 도시에서는 각종 보도를 통해 짐작할 뿐이다.

그런데 우리 아파트는 무려 3천 세대가 넘게 주거하는 대단위 단지다. 도시에서는 요즈음 대부분 집에서 나물들을 준비하기가 거추장스러워 단지 내 전문 반찬 가게에 의지하는 편이다. 우리 집에서도 묵은 나물 몇 가지 사려고 반찬 가게를 들렀다. 그러나 보통 때보다 조금 더 많게 준비돼 있었을 뿐 정월 대보름 냄새가 나지 않았다. 그것도 대부분 노인이 찾아오는 고객이라고 했다.

물론 농경 시대에서 공업화 사회로 변하면서 자연적인 현상이 아닐지 생각해 본다. 도시는 상관관계가 덜해서이고 농촌은 사람이 줄어서일 것이다.

나이 지긋한 필자 때문인지 우리 집은 모전여전에서 보고 들은 대로 딸이 이리저리 준비했다. 오곡밥과 일곱 가지 나물, 부럼, 귀밝이술까지 말이다. 그러나 이대로라면 아쉽게도 정월 대보름의 세시 풍습은 머지않아 옛이야기만 남기고 사라질 것 같았다.

　몇 년 전 정월 대보름날 휘영청 밝은 달이 아파트 지붕 위에 덩그러니 올라왔을 때다. 이날도 다름없이 요양병원에서 병간호하고 돌아와 허전한 마음으로 보름달을 혼자 바라봤다. 지친 마음은 나도 모르게 밝은 달을 보며 중언부언 푸념하듯 혼잣말로 넋두리하며 속을 달랬다. 6~7년을 의식이 흐릿한 아내를 매일 보살펴 주기에는 나도 지쳤기 때문일 거다. 그리고 일주일이 되던 날 그는 조용히 눈을 감았다. 수년을 지켜보다 푸념한 것이 맘에 켕기었다. 그 후 내겐 정월 대보름은 또 다른 의미로 그의 기일(忌日)을 예고해 주는 날이 되었다.

100주년 맞는 모교

_____ 숫자 100 하면 흔히 시험을 치르고 만점을 바라는 숫자로 떠오르기 쉽다.

물이 끓는 온도에서도 100을 빌려 쓴다. 사람도 100세까지만 무병하게 살다가 가도 원 없다고 한다. 100은 대체로 이처럼 만족을 나타낼 때 자주 쓰는 숫자다.

하지만 개교 100주년의 의미는 교육을 밝힌 100년, 미래를 이끌 100년에 그 의미가 크다. 100주년은 만족에서 오는 의미보다 그동안 변화한 역사와 발전한 모습도 들추어 보고 미래의 재도약을 설계하는 데 경계선 같은 의미가 있다.

일제강점기 1923년 5월 1일은 현 전주교육대학교 바탕인 공립 전주사범학교가 개교하였으니 이에 따라 이 고장에도 근대교육이 펼쳐져 가는 계기다.

그 뒤, 1936년 관립 전주사범학교로 관리 체계가 바뀌고, 1962년에 급기야 국립 전주교육대학으로 승격하였다. 모두 초등교원 양성 과정인데 관립사범(1~2), 사범 심상과(5), 본과(3) 교육대학교

(2~4년) 과정이 정통 과정이다. 그 외 시대의 격변기에 교사 수급 불균형으로 불가부득 강습과 특별 강습과 연수과 등 급조한 연수 과정으로 교원 양성소가 1년씩 더부살이로 붙어 100주년 이 되면서 통틀어 배출한 초등 교사가 수만 명에 이른다.

필자와의 상관관계를 생각해 보니 필자의 재학 시절은 1950년 대로 세기의 전반기로 6·25사변 이후 본과에 해당하겠다.

전주교육대학교 터는 전주시 서학동(棲鶴洞)이다.

당시 보기 드물게 북향 건물로, 앞엔 전주천 맑은 물이 한 벽루를 휘감아 흐르며, 뒤에는 유서 깊은 남고산성(후 백제. 조선 축조)이 닝큼 굽어보고 있다. 더 멀리서는 듬직한 고덕산(603.2m)이 뒷짐을 지고 묵묵히 받쳐 주고 있어 고고한 학(鶴)들의 둥지로 길지(吉地) 란다. 앞 정원은 빽빽한 히말라야 시다가 수십 년 우거져 여름철에 피톤치드 그늘로 우리가 삼삼오오 어울려 담소하기 딱 맞는 낭만의 휴식처였다.

당시 무려 1,500명을 수용하는 강당 전면에 걸린 건국 이념 홍익인간(弘益人間)과 사도확립(師道確立)의 퇴색한 두 현액(縣額)은 우리 시선을 독차지하고 무언으로 우리가 갖춰야 할 마음과 자세를 강하게 암시했다.

교 훈

1. 뜨겁게 이 정성 대한민국에 바치자(忠誠)
2. 즐겁게 손잡고 한 형제로 뭉치자(団結)
3. 참되게 배워서 사도 정신 높이자(教育)

교문 언저리 대리석에 추사체로 새겨놓은 교훈은 등 하교의 거울이며 나라 잃은 서러움, 단합해야 할 국민 정신, 사도 확립 등 절박했던 시대정신이 깊게 박혀 있었다.

> ### 교 가
> 고덕산 푸른 줄기 어깨를 넘어 역사도 유구한 호남에 웅도
> 건국에 높은 자랑 허리에 띄어 의기도 높을 시고 사범(師範)에 건아
> 장하다, 우리 학원 빛나는 학원 샛별 성좌 빛에 요람 전주에 사범

교가 역시 우리의 긍지를 높이며 자존감을 다지게 하는 내용이 녹아 있었다. 우리 학원은 감수성이 예민한 병설 중학교 삼 년만 다녀도 교풍과 분위기에 젖어 예체능 면에서는 교사의 자질이 알게 모르게 반은 갖춰진다고 했었다. 졸업 후 대부분은 교직에 봉직했지만, 일부는 외도로 타 기관이나 기업, 학계, 군 등 다방면에 진출하여 두각을 나타낸 선후배도 많이 눈에 띄었다.

지방의 수재들이 경제적으로 대학 진학은 어렵고 일단 직업이 보장되는 사범학교에 입학이 우선이었는데, 당시 치열한 입학경쟁률은 수재들의 집단이란 말을 대변해 줬다. 전해오는 말에 의하면 '전주사범학교의 오랜 역사와 전통은 전국 4대 명문사범학교 중 하나'라고 했다. (경성, 평양, 대구, 전주)

1세기가 된 우리 학원의 교문을 떠난 동문은 "선생 똥은 개도 안 먹는다."라는 속된 말은 듣는 둥 마는 둥 자긍심을 다지어 청빈 속에 살고 고난 속에 안주하며 온 나라를 두루 살피는 교육입국의 길을 걸었다. 그것이 교훈에 명시되어 있는 사도 정신인데 여기

서 무명 교사를 생각하게 된다.

무명 교사의 예찬을 가슴 깊이 새기며 일선 교육헌장에서 묵묵히 사도의 길을 걷는 무명 교사는 얼마든지 찾아볼 수 있다. 필자도 히말라야 시다 정원을 거닐며 병설 중학부터 잔뼈가 굵어진 6년 동안 갈고 닦은 사도 정신이 잠재되고 42년 줄곧 외길이 헛되지 않았던지 느지막이 사도상(師道賞) 대상(大賞)으로 마무리하였다.

교훈과 교가와 은사님께 티끌만큼이나 보답하듯 위로됐다. 내 나이 84세까지 뿌린 씨앗들과 가끔 소통하며 교류하는 것도 그의 혼(魂)이어라! 100주년 맞는 현재 모교는 우리 시절 건물이나 시설은 온데간데없고 은사님도 세월 따라 모두 가셨으니 남은 것은 오직 널따란 운동장과 남고산, 고덕산 전주천이어라.

옛 시절 동문은 대부분 고향에서만 사도의 길을 걸었지만, 이젠 전국에서 고덕산, 고달봉(교가에나 오는 산)의 교육 철학을 펼치고 있다. 특히 최근 수도권의 동문이 고향의 동문 숫자에 버금가리만큼 확장세. 전국 어디서나 고덕산 정기 받은 모범교육자로 우뚝 서길 바라며, 100주년 맞는 모교의 무궁한 발전을 축원한다.

– 2023. 2.

우수 도서로 선정

_____ '도대체 우수 도서(優秀図書)란 무엇이며, 누가 어디서 어떻게 선정되는 것일까?'

떠오른 생각엔 막연하게 '보통 도서보다는 무엇인가 조금 더 나은 책이겠지!' 하는 생각으로 이것저것 뒤져봤다. 그랬더니 '출판사에서 일정 기간 출판된 책 중에서 내용이나 가치 따위가 뛰어나다고 인정받은 책'이라고 몇 곳에 정리되어 있었다.

지난해 12월 3일 필자가 출간한 저서 『천사대교와 퍼플섬』이야기다.

코로나 19의 거리 두기 차원에서 한동안 필자와 같이 활동하는 한국창작문학회원들은 분기별 출판 기념 집회를 갖지 못하고 잠자듯이 지내다가 코로나 19가 꺾여 잠잠해지자, 활기를 되찾아 요즈음은 비워진 곳간을 모두 다 메우기라도 하듯 활발한 활동이 전개된다.

며칠 전 소속되어 있는 '한국창작문학회' 통권 30호 출판 기념회가 개최된다는 알림이 그렇다. 이메일이나 문자 대신 현수막 사진 한 장이 달랑 핸드폰 화면에 떴어도 반가웠다. 화면을 확대하여 내용을 쭉 훑어보니 왼쪽에 신인 문학상 두 분이(겨울, 봄) 올라가 있고 오른쪽 위에 필자 이름이 보였다. 의아(疑訝)해서 눈을 씻고 다시 살펴보니 지난 연말 필자가 세 번째로 출간한 수필집『천사대교와 퍼플섬』이 분명했다. 즉, 우수 도서로 선정됐다는 안내가 현수막에 올라가 있는 것이다.

그간 창작문학회에서는 낯선 단어이기에 깜짝 놀라 흥분된 기분을 가라앉히지 못하고 발행인에게 경위를 물어보았다. 발행인은 "우리 출판사에서는 언제나 출간한 단행본을 대한출판문화협회, 한국 잡지사 협회, 국립중앙도서관, 국회도서관 등, 그리고 서울 소재 대형 서점 몇 곳에 전통적으로 보낸다."라고 한다.

"『천사대교와 퍼플섬』도 전례에 따라 보냈는데 몇 군데서 좋은 반응과 우수 도서 수준이라고까지 추천하는 곳이 있어 심사위원회에서 면밀하게 심사한 결과 우수 도서로 최종 선정된 것이다."라고 말하며 축하한다는 인사도 덧붙인다.

"어떤 내용에서 그렇게 좋은 반응을 보였을까?" 하고 반문하니까 "어느 일정 부문을 꼭 찍어 말하기보다 도서 전체에 수록된 내용이나 예시하는 가치가 뛰어나 의견을 모았다."라고 한다.

필자는 정년퇴직한 후 마음을 다잡고 어설픈 작품이지만, 수필집 한 권을 조촐하게 출간했었는데『일찍 일어나는 새, 높이 나는 새야!』가 첫 작품이다. 선친께서 내가 어릴 때 자주 주신 말씀에 힘입어 초등학교 6개년 개근상을(근면, 성실) 받았기에 말씀을 되살려 주제로 잡았다. 2009. 1. 1. 필자의 일상과 지구촌 여행기를 첨가하여 습작처럼 출간했던 것이 바로 첫 에세이집이다.

두 번째 수필집은 등단 이후 교직 회고, 퇴직 후 취미 생활과 동아리 여가 활동을 중심으로 『두물머리의 추억』을 2019. 4. 3. 팔순 기념의 의미로 펼쳤었다. 세 번째 수필 『천사대교와 퍼플섬』은 코로나 19 시대에 주로 가정에 칩거하면서 '노느니 염불하듯' 시나브로 집필한 작품이 예정보다 앞당겨 2022. 12. 3. 출판됐다.

'옅은 효심, 국가 안보는 국론 통일부터, 우애가 있어야 형제자매다, 자로 잴 수 없는 우정의 깊이, 동기생끼리 선의의 경쟁, 고향 떠난 그리움(향수), 사제지간 정, 건강을 지키는 일상 운동, 동아리들과의 친교, 순간의 결단, 가치관의 변화, 인연, 말벗, 영원해야 할 조상 숭배, 뿌리 깊은 학교폭력, 가장 젊은 날, 교직자의 자긍심, 하필이면 코로나 시기에 죽음을' 등을 내용으로 꾸몄었다.

저서에 저명한 세 분의 문인이 축 간사를 붙이고 편집위원들이 다듬어 주시어 출간한 도서가 출판사에서 우수 도서로 선정된 것이다. 출판과 동시에 주제 『천사대교와 퍼플섬』이 마음에 드는 주제라며 한쪽에선 소곤대더니 기어코 한 건 건졌다.

한국 창작문학 통권 30호(2023. 봄호) 출판 기념일이다. 종로3가 피카디리 극장 6층 식장엔 60여 명의 문우가 자리를 꽉 메우고 있었다. 식순을 들여다보니 6번째 우수 도서 증, 패 증정과 11번째 수상자 소감이 필자와 관계있어 보였다.

우수 도서 선정 소감 발표 순서다. 우선 "편집인, 발행인, 또 미리 살펴보시고 축 간사를 써주신 분께 먼저 감사의 인사를 드린다."라고 고개를 숙였다. "출판사에서 여러 곳의 반응과 자료를 토대로 우수 도서로 면밀하게 심사해 주신 위원장과 심사위원께도 심심한 감사의 인사를 드린다." 말하면서 "앞으로 한국 창작문학과 출판사에 도움이 될 수 있는 작품 활동을 꾸준히 하겠다."라고 다짐하며 단상을 내려왔다.

시상식에서 이사장은 '우수 도서' 선정을 설명했지만, 이 마당에서는 처음 있는 일이라고 소곤대며 시선을 보내는 이도 눈에 띄었다.

벌써 소식을 전해 들은 친지 문인 몇 분은 "크게 축하드립니다. 큰일 하셨어요. 빛이 납니다. 저도 재미나게 읽어본 수필집입니다. 거듭 축하드립니다." 핸드폰엔 온통 축하 내용 메시지이다. 출판사의 우수 도서 1호라는 자긍심으로 꾸준히 작품 활동할 것을 다짐하는 계기가 되었다.

− 2022. 12.(대한문단 19집)

가족 모임

_____ 가족 모임은 어느 때 자주 이루어지는가?

생각해 본다. 대개 명절, 가족 생일 및 애경사나 그 외 특별한 행사 및 긴급히 가족 간에 협의 사항이 있을 때 아버지를 중심으로 이루어지는 것이 일반적이기도 하다. 그런데 요즈음 대가족 모임은 줄고 핵가족 작은 모임이 빈번해진 것은 현실 생활을 무시할 수 없기 때문이다. 또 간단한 업무적인 만남은 전화 인터넷을 통하여 만남을 대신하기도 한다.

필자가 어렸을 때 농경사회에서는 대가족은 한 울타리 안에서 북적북적 생활하는 것은 보통으로 집성촌답게 이웃도 일가로 다닥다닥 붙어살았었다. 그때 부모님 생신날 주로 형제자매는 물론 백·숙부님 사촌, 당내 간 재종까지도 쉽게 모여 북적북적 먹는 잔치로 축하 마당이 됐던 기억이 지워지지 않는다. 이런 모임은 자주 있었다.

그러나 지금은 갑작스러운 사회 구조의 변화와 생활 현상의 다양화로 그 옛날의 대가족 모임은 찾기가 어렵고, 서양 문화와 얼버

무려 새롭게 소가족 모임의 추세다. 작금의 대가족 모임이라면 겨우 조부를 중심으로 가족 모임이 되고 소가족 모임은 부부 중심의 자녀와 모임이 아닌가 생각된다. 빠르게 변하는 환경이나 흐름이 그렇게 가기를 부추기기도 한다.

오늘 이름하여 우리 대가족이 만나는 날이다. 대가족이라 한들 필자의 처가 먼저 떠났으니, 현재는 필자를 비롯한 아들딸 부부와 손자들이 전부다. 가족 모두가 통틀어 아홉 명인데, 서울에 같이 살고 있으면서도 말처럼 가족 전체 한자리에서 만나기가 그리 쉽지 않다. 세어보니 일 년을 통틀어 공식적으로 가족 모두 만나는 날은 설, 추석을 비롯해 모두 다섯 번 같다. 공휴일에는 모두 만날 것 같지만 그렇지 않다. 우선 장남부터 필수 요원이 필요한 병원이기에 휴일에도, 명절을 전후한 연휴에도 대표원장이 당연히 거의 당직을 서기 때문이기도 하다.

또 직장이 다른 가족들은 직장 형편에 따라 어긋날 수가 있어서이다. 손자들이 입대나 유학 등은 불문가지다. 또 요즘 대학생도 제 할 일 제대로 챙기다 보면 지정한 날에 맞추기가 쉽지 않은 모양이다.

오늘 만남은 편의상 내 생일을 핑계 삼아 택한 날이다. 음력·양력, 주민등록, 생일 중 가족이 가장 많이 만날 수 있는 공약수를 편의상 택한 것이다. 그래도 돌발사태로 다 모이지 못했다.

오늘 행사 주관을 둘째가 담당한다며 전화 왔다. 한평생 절약에 매어 사는 필자는 "꼭 강남 지역 호텔 음식, 선호할 필요가 있느냐? 과용이 못마땅함을 지적한 꼰대 정신이 있다. 이미 몇 차례 그 음식 맛도 보았고 분위기도 알았다. 집 근처 알뜰한 맛집도 있고 구수한 옛집도 손짓하고 있으니 굳이 비싼 자릿세 주면서 교통도 혼잡한 강남을 피하자."라고 달랬다. 값비싼 음식만이 좋은 것이 아니고 저렴하면서도 맛 좋고 먹기 좋은 음식이 주위에 많다는 것을 거듭 강조한 것이다.

그러나 둘째 하는 말은 달랐다. "어머니는 먼저 가시고 아버지 모시고 온 가족이 이런 기회가 앞으로 얼마나 많이 있겠느냐면서 서울 사람이 지방에 내려갔을 때 어디에서 왔느냐고 물으면 강남 외 지역은 한결같이 서울에서 왔다고 말하지만, 강남 사람은 유독 서울 대신 강남이라고 꼭 집어 대답한답니다." 하면서 강남을 별천지로 생각하는 풍조가 확대되어 있다고 덧붙인다. "그간 고생 많이 하셨으니 손수 일궈놓은 문화 속에서 오늘이라도 강남 사람들과 어울려 어깨 펴고 식사하자." 권한다.

나는 가끔 이런 말을 많이 쓴다. "남대문시장에서 순댓국에 막걸리 마시고 취함이나 호텔에서 값비싼 포도주 마시고 취함이 뭐이 다르겠냐!" 취한 기분은 거기가 거기다.

만남의 레스토랑은 역삼동에 있는 '스시(寿司) 전문점'에서 중간 단계 초밥 정식으로 주문한다. 생일맞이도 부부가 동석했을 때 기분이지 혼자서는 허전하고 어색하며 자연히 말수가 줄게 된다. "아버지, (할아버지) 생신 축하드립니다. 지금처럼 건강하게 오래 사세요." 가족들의 한결같이 건강을 염려하는 인사다.

요즘 소식(小食) 일관이라 음식은 남을 정도고, 남녀 상하, 같이 마시기 좋은 국산 매실주만 몇 병 마시더니 분위기는 화기애애했다. 중언부언하다가 자연스럽게 얼마 전 출간한 나의 수필집에 화살이 꽂혔다.

손주 하나가 모서리에서 "할아버지! 큰일 하셨어요."라고 서두를 꺼내자 "두 번째 수필집보다는 수식어가 줄어 간결해졌으며, 독자들에게 무엇인가 여운을 주려는 점이 많았다."라고 나름의 서평도 들린다. 한쪽에선 오자도 있었다고 지적함은 정독했음을 은연중에 나타내기도 했다. 저자로서 감사할 따름이었다. 장남이 남기는 말 '제4 수필집에 기대가 커집니다. 건강 챙기시고 기대도 채워' 주시란다.

필자는 오늘의 주인공으로 잔소리 같지만, 무엇인가를 한마디 가족들에게 당부하고 싶었다. "같은 피 형제자매도 서로 우애해야 형제자매지, 우애 없으면 이웃사촌만도 못하다."라고 강조하면서 "살아가면서 서로 돕고 의지하면서 어려움이 있으면 손잡아 주는 마음을 갖는 그것이 우애다." 처가 남기고 간 말 중 '묘소 봉분에 새겨져 있는 글을 다시 한번 강조했다. 필자 83회 생일 축하 우리 대가족 모임은 이렇게 막을 내렸다.

4·19 탑에서 만난 사람

　　　─── 남쪽의 훈풍이 꽃소식을 몰고 온 3월이 되니 나들이나 만남도 덩달아 많아졌다.

"수유리 4·19 탑 앞에서 13시에 기다리겠습니다."

메시지는 4·19 영령들을 추모하기 위한 것이 아니고 엉뚱하게도 그 근처 맛집이 있기에 찾기 쉬운 4·19 탑을 빌렸단다.

굳이 4·19와의 관계를 잠깐 살펴보면, 필자는 3월 31일 초임 교사 발령받고 4월 19일 학생혁명을 맞았다. 그때 P를 5학년에서 담임했고, 오늘의 주인 S는 당시 3학년이었다. 그들은 4·19 혁명의 정신이 자유 민주 정의 등의 개념조차 제대로 이해하기에 어릴 때다. 그러나 그 후 4·19의 혁명으로 후덕을 톡톡히 피부로 느끼며 살아온 제자들이다.

얼마 전에 중년 여인의 목소리로 "혹 ○○○ 선생님 아니 십니까?" 하는 낯선 전화번호에서 들리는 음성이 있었다. "그렇습니다만…", "아이고, 선생님! 기억하실는지 모르겠습니다만, 선생님께서 초임으로 고향 모교에 오셨을 때 3학년 S입니다." 하고 자기소개를 먼저 한다. "아~, 그렇군! 기억나네! 혹 신우 골, S 이장님 딸이 아니었던가? 맞아요. 기억하시네요." 그때를 돌이켜보면 전교 12학급에 학생 수 700여 명, 중간 학년 학생인데도 S 양이 똘똘해 유독 남의 눈에 많이 띄었었지! 항상 미소 짓는 얼굴로 똑소리까지 나서 담임 선생님과 다른 선생님들의 잔심부름까지도 맡아 교무실과 우리 교실도 드나드는 심부름꾼 어린이 아니었던가?

또 소풍이나 학예회 때도 노래나 무용으로 급우들 박수를 받지 않았던가? 60년이 지난 때인데도 고향의 이웃 마을 후배 제자로 가정과 부모님까지 알고 있었으니 쉽게 기억할 수 있었다.

"실은 당시 5학년 선생님의 제자 P 언니의 마을로 제가 시집가서 P 언니를 더 잘 알게 되었는데, 요즈음 그 언니와 통화하다가 갑자기 선생님 전화번호를 알게 되어 인사드렸습니다. 선생님 기회가 되면 P 언니와 시간을 맞춰 선생님을 찾아뵙겠습니다."라고 마무리하면서 전화를 끊은 적이 있었다.

그러자 요즘 필자 수필집이 먼저 출간되어 한 권 보내 줬더니, "여러 선생님을 기억하고 있지만, 선생님들의 저서는 처음 받아보았습니다."라며 기쁨을 감추지 못하고 "몇 군데 읽다가 P 언니와 이야기를 나누고 만나는 날을 오늘로 잡았다."라고 말한다.

"선생님을 어디로 모실까 궁리하다가 선생님께서 어디든 좋다는 말씀에 전철을 이용할 수 있고 평소 선생님의 북한산 등산로 수유리 4·19 탑 앞에서 기다리겠습니다."라고 말했단다. 4·19 탑 주변 D 명가는 약초 식단으로 꾸민 보기 드문 한식 레스토랑이었다.

P는 그간 반창회 등에서 선생님을 뵈었지만, S는 60여 년 만이니 P는 뒤로 숨고 선생님 나타나시면 '알아 맞춰보라고' 했다며 건널목에서 기다리다가 나를 단번에 알아차리고 "선생님!" 부르며 달

려왔다. 그도 마스크를 한 얼굴이지만 선친 이마를 빼닮아 필자도 쉽게 알아볼 수 있었다.

"선생님, 전화로만 인사드리다가 직접 만나 뵈니 예상을 뛰어넘는 건강과 젊음이 보여서 기쁜 마음으로 축하드립니다." 하면서 "그 시절 총각 선생님으로 인기가 있었을 뿐만 아니라 초심에 고향 후배 언니들을 열성이 넘치게 지도하고 있음을 주위에서도 알 수 있어 존경을 많이 했었는데, 이렇게 만나 뵙네요. 운동장 조회 때 우렁찬 구령, 이웃 학년 음악 지도까지 도맡아 해주시는 넉넉함이 인기 '짱'이었죠."라고 그 시절을 급하게 회상하며 듣기에 쑥스럽고 낯부끄럽게 과찬을 늘어놓는다.

S도 얼추 칠십이 훌쩍 넘었는데, 몸치장이 오십 대로 보이고 말씨나 행동이 참 잘 익어가고 있었다. 그의 몸에 밴 겸손은 예나 변함이 없어 보였고, 역시 선친으로부터 '하루에 스무 번씩 인사'하라는 말씀을 잊지 않고 평생을 살아왔다고 토해 낸다.

자기는 이 레스토랑에 가족과 몇 차례 왔었다며 반찬을 하나둘 들어 보이고 "이것 들어보세요.", "이 나물은 연할 것이에요.", 또 "그 나물은 달착지근하지 않을까 싶어요." 호감이 가게 권한다. 1시간 20분에 걸쳐 식사를 마쳤는데 S는 4·19 묘지 둘레를 걷자고 한다. '그것도 좋지만, 이번엔 내가 커피를 대접해야 할 차례다.'라고 제치고 커피숍으로 안내했다.

역시 커피 마시는 시간도 길어졌다. 60년 동안의 생활을 어찌 한두 시간에 다 털어놓겠나! 조곤조곤 말을 이어가는 그는 '손자 중심의 교육을 유달리 강조하시던 할머니'의 역정에 장손녀로 중학 졸업을 하지 못했음을 퍽 아쉬워하는 모습이 이야기 중 얼굴에 흐르지만, 할머니를 원망하지 않고 남동생들을 위해 포기해야 했다는 숙명적인 이야기를 긍정적으로 진솔하게 펼치기도 했다. "가방끈은 짧았어도 참 바르게 살았구나!" 하며 위로했다.

P는 직접 담임 했었던 개성이 있는 제자로, 학구열이 대단한 만학도였다. 생활에서 늦게 자연인을 존중한다며 덥수룩한 은발과 민낯에 펑퍼짐한 차림으로 자연인답게 꾸밈없이 차리고 나와 자기 생활 철학을 거침없이 토해 낸다.

직접 담임했던 제자도 스승 찾기 어려운 시대가 됐는데 고희를 넘어 60년 전 고향 선배 은사라고 찾아 식사를 나누고 그 시절의 희로애락을 차근차근 떠올리며 선생님에 대한 고마움을 나타내주니 참 감개무량했다. 필자가 교사 출발을 고향 모교에서 이런 후배들을 제자로 지도한 것이 보람으로 느껴지는 순간이다.

- 2023. 3.

자잘한 축사 맡는 자리

───── 세월은 언제부턴가 필자를 자잘한 축사, 격려사, 인사말, 덕담 건배사 등 해야 할 자리로 밀고 갔다. 어언 내 나이가 삼강오륜(三綱五倫) 족보의 장유유서(長幼有序) 반열에 올라 나이로 한몫하는 자리에 이르게 된 모양이다.

전철에서는 어르신, 동아리에서는 왕회장, 동창회에서는 대선배, 향우회에서는 큰 형님, 종친회에선 윗분 제자들은 은사(恩師) 등 그럴듯한 대명사가 덩달아 뒤 따라다니면서 좌장 아니면 그 언저리에 머무는 것이 바로 그런 것이다.

자잘한 모임이나 회의에서도 자의 반 타의 반으로 단상에 올라 무슨 말로라도 한마디 던지고 내려와야 하는 기회가 종종 기다리고 있었다. 그래서 모임에 나갈 때는 대체로 그 모임의 특성이나 규모나 성격을 대충 알아보고 그에 따라 간단하게 몇 가지를 생각하고 나가는 것이 필자의 차림이었다.

오늘은 필자가 현직 교장으로 근무할 때 교감으로 2년 같이 근무한 동료이며, 후배 교육자이기도 한 인사가 배구 동아리에서도 뒤를 이어 2대 회장으로 배사모를 이끌기도 했었는데 역시 그도 때가 되었는지 뒤따라 현역에서 배사모 시니어(주변 단체)로 전역을 하는 자리다.

주최 측 현 회장은 초대 왕 회장으로서 전역하는 2대 회장과 30여 명이 자리한 회원들에게 축하 덕담 한마디를 부탁하기에 또 떼지 못하고 받아들였다.

▨ 축사(祝辞)

"2대 회장님의 동아리에서 전역하심에 축하 인사와 공적을 치하할 기회를 주셨네요."

평소 S 하면, 떠오르는 것이 바로 다리문 배사모입니다. 그가 배사모의 창립 유공자이기 때문입니다. 이어서 배사모의 기초를 든든하게 구축한 선봉장이기도 합니다.

이야기의 뒷받침될 만한 것 하나는, 배사모 전지 훈련 장소 마련을 위하여 초면 인사에게 의도적으로 접근했던 일화입니다.

무연고지 저 멀리 강원도 설악산을 그리며 섭외한 결과 속초 중앙 초등학교 체육관을 알선받아 배구 원정 경기로 1박 2일 전지 훈련을 할 수 있었습니다. 이는 배사모 전지 훈련의 전통을 세우는 데 바탕이 되었으며, 즉 무연고지를 연고지로 엮어내는 추진력이 돋아 보였습니다.

둘째, 선공후사 정신이 남달랐습니다. 교장 승진 발령을 이천시 ○○ 초교로 받았다가 구리시로 전입할 때 당연히 여건과 환경이 더욱 좋은 학교를 희망할 수 있었으나, 동아리의 필수 활동 장인 체육관 있는 학교를 선택하여 배사모의 가장 큰 애로사항을 단번에 해결했었습니다. 배사모 에서는 살신성인처럼 상훈을 붙여주고 싶었습니다.

또 하나는 교장 재임 시절, 전 교직원과 설악산에 1박 2일 가을 단풍 나들이 갔던 것으로 기억됩니다만. 토요일 출발하여 하룻밤을 직원들과 현지에서 즐긴 후, 다음 일정은 교감에게 일임하고 일요일 아침 귀교하여 배구 동아리 회장으로 역할을 다하는 모습은 회원들의 귀감이 되어 감탄하게 되었습니다. 평교사도 아닌 학교 책임자가 감히….

그 뒤 회장님은 4년간 배구 동아리를 이끌면서 배사모 문집 2호도 알차게 출간하며 배사모의 중흥을 일으킨 산증인이 되었습니다.

오늘 이 자리에서 2대 회장님의 전역이 아쉽지만, 세월을 잡아 둘 수는 없는 일. 그가 지금까지 보여 주신 배사모에 대한 열정과 사랑으로 계속 지켜봐 주시고 후원해 주시기를 간절히 바라며, 가족과 같이 건강하시고 행복하시기를 우리 모두 기원합니다.

우리 잠시 배사모를 거쳐 간 회원들의 현재 동정을 더듬어 봅시다.

23년 동안 거쳐 간 회원들의 동정을 얼추 떠올려 보면, 교장직급은 현임 포함해 모두 15명이며, 교감은 9명, 교육계의 별이라 하는 교육장 출신도 2명, 퇴직 후 활동으로 ○○시 청소년재단 이사장 2명, 교과서박물관 사외이사 1명. 기업인 사장 3명, 문단(시, 수필) 작가 등 다양하게 떠오릅니다. 박수를 보낼 회원들의 동정입니다.

나이 든 배사모는 스스로 자존감을 가져도 될 전통 있는 배구 친목 동아리로 23년 성장했음이 분명합니다. 초대 회장으로 회원들은 배구 기능도 익히고 회원 간 친목도 굳건히 다지며 교육자로 품위를 유지하여 고장에서 존경받는 인사가 되길 바랄 뿐입니다.

－ 2023. 4.

올림픽 공원 산책

───── 서울 올림픽 공원은 필자가 둥지를 서울로 틀던 1986년 개원하여 아시안게임, 2년 후 88서울올림픽이 개최된 올림픽 경기장 주변인데, 36년 지나더니 조경수로 심어 놓은 어린 나무들이 어언 노거수로 되어가네 그려!

서울 대공원에서 만나 걷던 이화회가 오늘은 환경이 다른 서울 올림픽공원으로 발길을 돌려 걷기로 한 날이다. 며칠 전 참석 예정으로 메시지를 띄웠으나 갑작스러운 경고성 일기예보가 고민을 불러왔다. 기상청은 '태풍급으로 간판이 날아갈 정도의 강한 비바람이 불겠다며 노약자 외출을 삼갈 것도' 빼놓지 않는다. '강수량은 5~20mm 굵은 비가 별안간 쏟아질 것으로' 덧붙이니 참석 여부가 망설여진다.

그래도 전화를 걸어준 친구가 눈에 어른거려 우산 챙겨 들고 집을 나섰다. 지하철 5호선 올림픽공원역 3번 출구로 나가니 벌써 세 사람이 상가 주변 의자에 앉아 환한 웃음으로 반긴다. 약속 시각이 되자 7명 친구가 모였다. 그 외 불참자는 아마 일기예보에 놀라 주저앉은 듯싶다. 염려했던 일기예보는 그냥 지나가지 못하고 강릉에 산불로 꽂혀 한때 강릉 시내를 위협하고 11시간 만에 빠듯이 진화됐다지만….

P는 배낭 속에서 무엇을 주섬주섬 꺼내놓는다. 감자떡과 반달떡이다. "멀리서 오는 천안 G가 시각 맞추느라 아침을 설쳤을까?" 해서란다. 전력이 스카우트 지도자답게 세심한 배려와 준비 차원이 돋보인다. "이것을 먹으면 점심이 맛없을 텐데." 하면서도 우선 군침의 유혹을 뿌리치지 못하고 두 개씩 거머쥐니 바닥이 났다.

가랑비를 우산이 가려주니 걷기 시작했다. 7~8분 걸으니 비는 다행히 멈추고 우산을 펼 수 없을 만큼 강풍이 몰아쳤다. 체조경기장 핸드볼경기장 사이를 지나 잘 가꾸어 놓은 잔디밭 사이로 가로지른 포장길 따라 끼리끼리 걸었다.

호수가 두 곳이나 있어 공원 운치를 더했는데 물고기는 보이지 않고 오리 떼가 호수의 체면을 세워줬다. 시샘하듯 우리도 호수를 향해 떼창으로 '야호' 함성을 내질렀더니 내장에 눌어붙은 코로나 염려의 응어리라도 빠져나간 듯 후련한 기분이다.

언덕 위의 아름드리 적송은 굽고 휜 채 누웠는데 나뭇가지마다 조경사의 손길로 아름다워 보였다.

이곳을 걷는 사람들은 젊은 지역인 듯 젊은 여성들이 대부분이다. 주위 살필 것도 없이 앞만 보고 걷는 모습이 '건강만 챙겨야겠다는 의지를 발걸음 속도'가 말해주고 있었다. 볼거리가 많아서인지 우리의 발걸음은 서울 대공원에서보다 처져 조선 양반 스타일로 변했다.

잠깐 벤치에 앉았더니 롯데월드타워가 눈앞에 성큼 멈춰 섰다. 123층, 555m 서울을 상징하는 전망대다. 빌딩 안에서 이루어지는 경제 사항이 화제가 되어 한마디씩 던진다.

"올해 1.2월 무역 수출에서 우리 효자 종목 반도체가 죽을 쒔다며! 그나마 현대자동차가 105억 1만 달러의 흑자를 낸 것은 다행이지만…. 조간신문에 지적한 1분의 1억씩 늘어난다는 나랏빚은 누가 언제 어떻게 다 갚냐고." 두런거린다.

최빈국 생활을 헤쳐온 우리는 경제는 안보와 같이 중요하다면서 걱정으로 애국했다. "세계 10위권으로 쌓아 올린 경제 대국에서 후퇴는 하지 말아야 할 텐데." 노교육자 티로 직업병을 보이며 일어섰다.

동영상 제작에 신경 쓰는 Y는 오늘도 번잡스럽게 앞뒤로 다니면서 '찰카닥' 자료 확보에 여념이 없어 보인다. Y가 바쁘게 움직이는 대가는 오늘 즉시 동영상으로 제작되어 지구촌 동기생들에게 퍼질 것이다.

예약 시간에 식당에 도착했다. 낙지 덮밥을 맵게, 보통, 맵지 않게 주문을 받는데 우리에겐 중간 음식으로 나왔다. 언제부터인가 각 1병 소주가 7명이 한 병으로 폭삭 줄었다. 건강에는 너 나 어쩔 수 없는 선택이다.

팔십 넘으면 달마다 건강이 다르다는 말이 우리를 두고 하는 말이다. 식사가 들어오자, 천안의 G가 "예약했든 안 했든, 오늘 점심은 내가 사겠다."라고 당차게 말한다. 앞에 작심으로 떡까지 준비한 풍납동 P는 "어림도 없는 소리, 이곳은 내 지역이야." 하면서 두 번 다시 이야기를 못 하도록 제쳤다. 정감이 넘치는 말이다.

식사가 끝나니 자연스럽게 도우미에게 '커피는?' 묻자, 눈웃음으로 옆집을 쳐다본다. 노인 합창단에서 좀 늦게 도착한 G가 '커피는 내가 담당하겠다.'라고 하니 오늘도 풍요한 분위기가 이어졌다. '밥 먹고 밥값 계산 전에 먼저 자리 뜬다.'라는 어느 모임과는 결이 전연 달랐다.

칠십 년 전 학창 시절에는 그냥 급우였지만 지금 만나는 급우는 푹 익은 분위기다. 학생 때의 친근함은 흐릿해지고 '누가 지금 내 옆에 있나?', '누구와 또 내일 만나느냐?' 등이 절친의 척도가 되었다.

커피 한 잔 받아놓고 실없는 말도 짙은 농담도 스스럼없이 쏟아내다가 지금 '부부생활'은 노친들의 뜬금없는 질문에 힐끗 눈치를 보다가 '나이가 있으니까 용불용설'로 대신하며 배시시 웃고 넘어갔다.

오늘 친구는 철저한 자기 건강관리 탓이겠지! 얼굴이 번드르르하고 차림도 세련되게 보여 누가 보아도 팔십 대라고는 보이지 않으니 이 모습이 오래 이어지면 좋겠다.

– 2023. 4.

묘지 둘레석 상석 차린 K

_____ 필자가 서울로 이사한 뒤 해마다 설 추석 두 명절 전후, 보름 사이에 그는 영락없이 날 찾는다. 주한 미군 연계 버스 기사를 오랫동안 하고 있으면서 말이다.

어언 30여 년이 휙 지났으니, 필자가 50대부터인 것 같다. 무슨 특별한 사연이 있어서가 아니고 점심이나 저녁을 같이 먹으면서 건강 확인하고, 가족 근황과 고향 친척들의 소식 등 두서없는 얘기로 시간을 보내다가 '명절 잘 쇠시라.' 하며 일어서니 결국 명절 맞아 필자에게 인사치레가 분명하다.

오늘은 '명절 때도 아닌데 왜 갑자기 만나자고 하는가?' 언젠가 한 이야기가 떠올라 짐작만 하고 왜냐고 묻지는 않았다.

사람은 누구나 조상 숭배가 도리다. 아니 꼭 그렇게 해야 맞다. 동양 문화권에서는 절대적 인륜의 본분이며, 전통 어린 관습이다. '조상신을 숭배하면 노여움을 사지 않고 버림도 받지 않을 것이며, 잘 보살펴 주실 것이라.'라는 막연한 기대심리가 저마다 마음속에 깔렸기 때문이 아닐까도 싶다.

누군들 조상 없이 태어날 수 있었을까? 또 어느 조상인들 후손을 해치려는 조상이 있을까 마는 더 잘 보살펴 주길 바라는 것이 후손의 기대이며 또한 욕심이다. 살다 보면 조상 탓을 하게 되는 때도 있지만, 숭배를 소홀히 한 자격지심에서 곧바로 회개하고 바로잡아 가는 것이 후손이다.

정치하는 사람 중에는 풍수사를 통해 조상의 묘를 길지(吉地) 찾아 이리저리 옮기기도 하는데 그것은 첨단 과학 시대에도 통하는 조상신에 대한 신념이 무엇보다도 강하기 때문일 것이다.

오늘 K도 그간 고민하다 추진했던 '고향 선산의 부모님 묘지의 둘레석을 사각으로 세우고 봉분을 낮추며 상석과 돌 꽃병을 챙겨놓는 등 묘지를 가다듬는 조경 작업을 마쳤다며' 기쁜 마음을 가눌 길이 없어 필자를 찾은 것을 엿볼 수 있었다.

그는 차남으로 형이 40대에 별세했으니 부모 묘지에도 아들로서 먼저 관심을 가져야 했다. 선산에 큰아버지 큰어머니 묘지는 일찍이 둘레석과 상석 향로석 망주석 비석 등을 세워둔 것을 볼 때마다 스스로 효심이 부족함을 채근하며 서두른다고, 마음은 있었으나, 객지에서 여건이 쉽지 않았단다. '홀로되신 형수는 커나가는 어린 자식들 학업, 취업 결혼 등이 태산처럼 앞을 가려서인지 신경을 쓰지 못하는 것' 같았다.

그간 K가 묘지 정비에 대해 상의를 몇 차례 드렸건만 무반응이거나, 동문서답으로 미루어 볼 때 허전한 마음이 들기도 했으나, 생존한 아들이 단독 거행할 것을 굳히고 묘소를 손대는 것은 윤년 윤달이 좋다고 하기에 올해 윤이월을 기다려 추진했다. 오늘 아침 형수님(교회 권사)께 '오늘 산(山) 일 한다고 통보하고 기도나 잘해주시라고' 부탁하면서 일찍부터 작업을 했다.

꼼꼼한 준비가 도움이 되어 예정대로 일이 순조롭게 마무리되어 갈 무렵, 예고도 없이 장조카가 형수님을 모시고 현장에 나타났다. 예상치 않은 일이기에 K는 형수님에게 황급히 달려 내려가 깜짝 반기며 맞았다. 권사 형수님은 기도하면서 심적 변화가 일어났는지 환한 얼굴로 "수고했어요." 하면서 봉투에 "경비의 1/3에 해당하는 금액까지 주시고 거듭 격려하며 떠나셨다."라는 말을 필자에게 쏟아낼 때는 눈시울이 붉어지기도 했다.

　　필자는 말했다. "차제에 비석도 세우지 왜 비석은?" 경비 문제를 염두에 두고 물었지만, 대답은 달랐다. "비석은 옛날부터 명성이 있는 사람의 전용물이고 벼슬을 한 사람은 비석에 석관도 씌우고 했지만, 선친은 무학으로 농촌에서 오로지 농사만 짓다가 평생 서민으로 일생을 마치셨기 때문에 이에 걸맞게 상석에 고인(故人)들의 함자(銜字)와 출생과 졸(卒)한 날만 기본적으로 뚜렷하게 기록해 두었다." 말한다. 요즘 시행하고 있는 것과는 다르게 옛적 관습대로 사실을 그대로 부모님께 자식 된 도리를 했을 뿐이라며 담담하게 미소를 짓는다.

　　"내 부모 내가 섬기면서 남의 화젯거리가 되고 싶지 않다." 덧붙인다. 다만 또 한 가지 보람이라면 "형수님이 이 마당에 스스로 며느리로서 시부모 섬김에 뜻도 같이해 주셔서 아들로서 얼마나 다행인지 정말 고맙고 흐뭇했다."라고 반복한다. 이 격한 기분을 혼자 즐기기는 아까워서 자랑하고 싶어 찾았다고 실토한다.

　　참 잘했다고 칭찬과 격려를 했다. 자식들은 부모가 돌아가시면 생전에 불효했던 생각만 떠올라 어떻게 하면 가신 뒤라도 노여움을 풀어 드리고 내 맘의 응어리도 지울 수 있을까? 양심을 추슬러 고민하는 때가 더러 있다.

흔적인 산소의 조경으로 잔디와 석물이라도 잘 관리하여 드리는 것이 생시에 다하지 못한 마음을 달래고 살아있는 후손의 당연한 도리라고 생각한다. K도 이런 심정이 떠올라 부모 산소 갈무리를 단독으로라도 추진했을 것이다.

그간 마음속에 그려 왔던 그림, 즉 종산의 '큰아버지 곁 양지바른 곳에, 생시처럼 형제 우애로 나란히 영면하시도록 나름대로 정성을 다했는가!' 싶어 흐뭇하다고 한다.

담대했던 K는 흔치 않게 두 번이나 월남 파병한 용사로, 숱한 생사 고비를 경험했던 칠십 대 후반, 필자의 일곱 중 하나 남은 사촌 동생이다.

- 2023. 4.

표고버섯 맛에 건강 챙기라네!

——— 필자의 사회생활이 짧았던 탓인가! 관심이 적었나! 표고버섯을 제대로 알게 된 것은 멀리 60년 전 비가 오는 어떤 날이다.

군 복무를 마치고 전임지 고향 쪽엔 빈자리가 없다고 생소한 객지 시골 학교에 복직 발령이 되었다.

착잡한 심정을 다독이며 현지에 도착했을 때 교육청 인사 담당자께 "하숙이나 할 수 있는 곳의 학교면 좋겠다."라고 지나가는 말로, 허실(虛失) 삼아 푸념을 해봤다.

어떻게 들었든지 역사와 전통이 오래된 옛날 현(県), 지금은 면 소재지 학교, 즉 실과(実科) 지정연구학교에 발령되어 하숙집은 무난히 해결할 수 있었다.

교사(校舎) 뒤편 정원 가장자리에 수양 버드나무 두 그루가 마주 보고 있었는데, 그사이를 가름대로 고정해 놓고 양쪽으로 참나무 밤나무 등 스무댓 토막 섞어 세워 놓고 세월아 네월아 버섯이 나오도록 기다리고 있었다. 거기에서 나오는 버섯이 이른바 자연산 표고버섯이었다.

20대 초반 청년으로 그간 사회생활 경험이 미천했던지 죽은 통나무에서 먹는 버섯이 나오는 것을 처음 본 필자는 참 신기했었다.

어느 날, 밤새 비가 오고 나더니 많은 싹이 희읍스름하게 움터 있는 것은 가관이었다. 곧이어 이런 표고버섯을 처음 맛도 보게 되는 이야기다.

그 무렵 수요일 필자를 환영하는 직원 친목 배구 경기를 하고, 교무실에서 첫 직원 회식을 하게 되었는데 사환(使喚)이 술안주로 끓인 돼지고기 찌개가 참 먹음직스러웠다. 땀 흘리고 나서 막걸리 한 잔에 닝큼 돼지고기 한 점을 입에 넣었는데 맛이 좀 이상했다. 돼지고기로 알고 먹었건만 표고버섯에 속은 것이다. 냄비 속에서의 돼지고기와 표고버섯은 언뜻 보기에는 구별이 쉽지 않았고, 씹기에도 비슷했으나 맛은 좀 달랐다. 한참을 먹다 보니 그 맛이 그 맛인 것 같아 구별이 잘되지 않게 빠져버렸다. 돼지고기를 먹는 것인지 표고버섯을 먹는 것인지 취기에 중독된 기분이었다.

아마 신기함에서 오는 착각이었겠지! 이것이 바로 내가 표고버섯 첫 입맛을 본 날이다. 이제껏 싸리버섯 느타리버섯 송이버섯은 때로 맛봤지만, 자연산 표고버섯은 나에겐 처음 맛본 날이다.

실과 연구 담당 교사도 농업학교 출신 중견 교사였다. 그는 '참나무, 밤나무, 떡갈나무 등 통나무만 구할 수 있으면 자연산 표고버섯 얻기가 그렇게 어렵지 않다고 부언하면서 영양소가 골고루 함양된 일미로 가공하여 먹기에 좋은 식재료'라고 연구 담당자 티를 냈다.

그러다 한 십여 년 지나고 표고버섯은 씨균의 인공 재배로 생산이 급증하여 어디에서든지 쉽게 구하고 먹을 수 있는 상품이 되었다. 자연산보다 통나무에 버섯 씨균을 주사하여 재배하는 표고버섯이 대중을 이룬다. 표고버섯을 다양하게 식품으로 가공하지만 주로 탕류, 전골, 복음, 전, 무침 등으로 우리 식탁에 올라와 어디서든지 맛볼 수 있는 식품이 되었다.

필자는 그때 맛으로 지금까지 표고버섯을 즐겨 먹고 있다. 우리 집 식탁에서는 표고버섯에 파, 양파, 당근, 마늘, 부추, 참깨 등 들기름 둘러 버무린 무침 요리가 자주 빈 접시로 나간다. 특히 요즘 광고 선전에 항암제, 제암제, 고혈압 강하 작용, 간염 및 동맥경화 예방, 폐 위장 질환 예방 식품이란 선전에 가족이 푹 빠진 것이 아닌가 싶다.

고향의 친구한테 전화가 왔다. '요즘도 표고버섯 잘 먹지?' 묻는다. 고향에 같이 살 때 표고버섯을 남달리 좋아하던 기억이 떠올라 전화했단다. 오늘 마침 서울 동생들의 부탁을 받고 표고 생산 농장을 들렀는데 "표고버섯 상자 놓고 흥정하다가 시중 가격보다 저렴하고 싱싱함을 보이니 친구 옛 얼굴이 떠올라, 한 상자 더 사서 보낸다."라고 한다. 순간 '이 친구가 옛정을 놓지 않고 있구나!' 기쁨이 넘쳤다. '그랬어! 내가 톡톡히 한 잔 사지! 너무 갑작스러워 술 한잔으로 얼버무리고' 전화를 끊었다.

요즘 생산지 표시가 의무화되어 상품 안내가 좋아졌지만, 한때 표고버섯도 예외가 아닐 때도 있었다. 중국산 수입 상품이 쏟아져 신경 써 찾아야 신토불이 표고버섯을 맛볼 수 있었다.

중국산 표고버섯이라며 아예 탁 털어놓고 양을 많이 주거나 가격을 저렴하게 받는 장사는 그래도 양심 있게 보여 소비자에게 선택권을 주니 차라리 괜찮다. 그런데 개중에는 중국산을 국산 인양 눈속임하여 가격도 양도 국산과 비슷하게 파는 상인에게는 아차하면 이중삼중 바가지를 쓰는 때도 있었다.

　친구는 그것이 불현듯 떠올랐는지 '믿고 먹을 수 있는 고향 신토불이'라고 강조한다. 지금 보내는 표고버섯은 "향미가 풍부하고 순한 흙 맛도 약간 나는 것 같아 고향 맛을 돋을 거라며" 더 보탠다.

　필자 건강 상태를 짐작이나 한 듯 '당뇨 개선, 관절 건강'에도 도움이 된다며 덧붙인다. 참 고마웠다. 이렇게 건강을 챙기라며 식재료를 챙겨주는 친구에게 보답할 일이 언뜻 생각나지 않는다. 필자가 만나서 대포 한잔 멋있게 사고 "고맙다."라는 말로 어깨 도닥이며, 옛정이나 나눠야겠다. 그리고 "같이 건강하자."라며 말로 빚을 갚아야겠다.

　필자는 친구 때문에 고향 맛이 서린 표고버섯을 먹게 되었다. 늦게까지 잊지 않고 챙겨주니 몇 남지 않은 고향 친구 끼리라 그런가 보다. 참 고마웠다.

− 2023. 4.

향우회(華山)

_____ 코로나 거리 두기가 해제되면서 그간 뜸했던 여러 모임이 여기저기서 고개 들고 기별이 온다. 오늘의 귀띔은 고향 사람들만이 붐비는 향우회 총무의 메시지다.

'향우(鄕友)' 하면 고향에서 어렸을 때 죽마고우(竹馬故友)들과 뛰놀던 고향 흙냄새가 물씬 떠오르는 단어다. 어감이나 뜻도 정겨워 고향의 산천초목들이 그리워지기도 한다.

필자 고향은 시골이다. 산이 많은 곳인데도 농사가 주업이니 비슷하게는 산골의 농촌이 맞는 말 같다. 전주에서 유학할 때부터 향우회는 고향 친구들 만나 소식을 서로 전하며 향수를 꽃피우면서 자장면 잔치를 했던 기억이 새록새록 떠오른다.

직장생활을 할 때는 고향 선후배와 술잔을 부딪치며 시간 가는 줄 모르고 밤새워 고향 정취에 빠지기도 했다. 이런 모임이 우리뿐만 아니라 마을 및 행정구역 단위로 엮여 크고 작게 급속히 번진 것이 현재의 향우회 모습이다.

80년대 중반 서울로 보금자리를 옮겼다.

오늘은 필자가 태어나 자랐던 우리면 향우회가 열리는 날이다. 행정구역 면 단위 향우회는 수도권 우리 초등학교 동창회나 엇비슷한 모임이 된다. 그 시절 우리 면에는 소재지에 초등학교가 단 하나 있었기 때문이다. 골짜기마다 등하교 불편으로 두서너 개 분교가 있어 어린 1~3학생들이 분교 수업을 받고 4학년이 되어 통학할 만한 체력이 되면 본교에 합류했기 때문이다.

"선생님! 이번 향우회는 모처럼 치의학박사 동문이 제5대 회장으로 취임하는데 선생님께서 축사를 해주시면 자리가 빛날 것 같습니다."라는 제자 총무의 부탁이었다.

그간도 가끔 고문으로 참석한 일이 있었지만, 팔순이란 나이가 넘으면서부터 이 자리도 주저해지기 시작하여 몇 차례 사리기도 하였다. 참석자를 대충 살펴보니 40, 50, 60대가 대부분이다. 내가 모교에 재직할 때 제자들은 지금 대부분 60~70대가 되었다. 그 제자들은 세대교체가 된 듯 물러서 있고 이후 세대가 북적인다.

그러나 오늘은 모처럼 우리 지역에서 흔치 않은 치의학 박사 후배가 의욕을 갖고 회장으로 취임한다고 하니 총무의 요청을 거절하기도 쉽지 않았다. 장소는 종로3가 파라다이스 뷔페였다. 참석자 50여 명 중 상당수가 줄줄이 찾아와 모자를 벗고 허리를 굽히며 나의 '건강함을 축하한다.'라고 덕담을 빼놓지 않았다.

직접 알아보기는 어려움이 많고 그들의 아버지나 숙부 고모 형제자매의 함자(銜字)를 앞세워 인사하니 고향의 누군지 대충 짐작이 돼도 무척 반가웠다. 모교의 은사와 선배라는 두 칭호로 대접을 받는 곳이 계면쩍지만, 향우회에 내 자리가 있었다. 그들의 인사하는 말속에는 나름대로 수도권에서 기반을 잡고 애향심이 많은 향우회원이다.

사회자의 안내에 따라 단상에 올라 "여러분! 반갑습니다." 하며 축사를 시작했다.

"이 박사의 5대 향우회장 취임을 진심으로 축하합니다. 그리고 이임하는 4대 임 회장의 그간 노고도 함께 위로해 드립니다. 우리 고향은 산 좋고 물 맑으며 인심마저 넘치는 고장인데, 또 일부 풍수학자가 일컫는 흔치 않은 서출동류(西出東流)의 지정학적 명당이랍니다.

이 고장에서 태어난 우리는 모두 복 받은 사람이 아니겠습니까! 여러분들이 고향에 태어났을 때 우리 면 인구가 일만 명이 넘는 훈훈한 고장이었지만, 지금은 3천 명도 채 안 되어 우스갯소리로 고향 소머리 숫자보다 적다는 쓸쓸한 고향이 되었답니다.

비단 우리 고향만 그런 현상은 아니지만 쪼그라진 고향이 너무 안타깝기만 합니다. 우리 모두의 책임입니다. '까마귀도 고향 까마귀는 반갑다.'라고 하지 않습니까! 수도권에 와서 생활하는 우리는 고향의 부모 형제 친척 친구 어르신들에게 자주 전화 문안드리고 찾아뵙는 것이 당연한 도리이며, 고향 떠난 사람의 예의입니다. 고향의 번영과 안녕이 곧 우리의 정신적 풍요이고 행복이기 때문입니다. 또 우리끼리도 고향의 정으로 똘똘 뭉쳐 형제자매처럼 서로 돕고 사랑하며 깊은 정을 나눈다는 것은 서로 발전의 지름길입니다.

모처럼 박사 회장 취임을 계기로 향우회가 더욱 발전하기 기대합니다. 향우회원 여러분! 힘냅시다."

'이런 말 하라고 나를 부르지 않았을까!'

축사를 마치자, 기념품을 안겨준다. 손을 흔들며 단상을 내려왔다. 축산단지 고향의 발전과 향우회원 모두가 건강하고 행복했으면 좋겠다.

- 2023. 1.

어버이날

───── 지정된 날은 기다리지 않아도 어김없이 찾아온다. 5월 8일 어버이날도 그중 하나다. 우리나라는 1956년부터 어머니날로 기리다가 형평성 문제라며 아버지들의 반발이 거세게 제기돼 1973년 어버이날로 개칭되었다.

51년이나 이어오자, 가정마다 자녀들은 이날만이라도 어버이에게 그간 못다 한 정성을 한꺼번에 다 챙겨 은근슬쩍 불효자라는 소릴 면하고 싶어 한다. 모시고 여행하는 것부터 찾아뵙고 음식 접대하는 일까지 나름대로 어버이를 사랑하며 존경하는 마음을 표하는 날이다. 불가피하게 찾아뵙지 못하면 선물이나 용돈을 챙겨 보내드리는 것도 어버이날에 흔하게 볼 수 있는 풍경이다.

각자의 형편과 처지에 따라 다양하게 자식 된 도리를 다하면서 어버이날 의미에 대답하는 날로 지정된 어버이날 의의를 살리고 있다.

장남이 보름 전에 예고한다. '금년 어버이날은 앞당겨 5월 6일 토요일 오후에 아버지를 모시겠다고. 어버이날 당일은 진료상 어렵다며' 소식을 보내는 것 같았다.

　이날도 몇 안 되는 가족이지만, 각자 사정으로 모두 참석이 어려워 가족 대표로 두 아들 만 시간을 마련하여 뵙겠다는 이야기다. 해외에 있다가 미처 돌아오지 못한 가족이 두 명이나 있고, 그외 가족도 토요일인데도 업무들이 있어 같이하기엔 어려움이 따르는 것 같았다.

　"아들 둘이면 어쩌랴! 바쁘게 돌아가는 요즘 오늘 만나지 못한 가족은 다음에 만나면 되지만 가족이 어디 있던 건강하게 자기 위치에서 제 할 일 하며 행복해하고 있으면 어버이날을 축하해 주는 것이 아니겠느냐!"라고 말했다.

　만남 장소는 인천 사업장에서 가깝다. 오후 5시에 모처럼 삼부자가 레스토랑에서 만나 저녁 식사부터 했다. 반주로 나온 복분자 술로 건배하면서 요즘하고 있는 사업이 모두 어려워 힘이 든다는 짜증 섞인 이야기로 둘이 맞장구친다. 어버이날 축하받는 자리에서 듣기 민망해도 요즘 돌아가는 경제 사정이 너 나 할 것 없이 모두 다 같은 지경이니 같이 걱정하고 이해하며 들어주어야 했다.

　장남은 어제 모임에서 과음했었는지 술잔을 사양한다. 둘째가 한 병을 거의 다 마시며 어리광스럽게 몇 마디를 하더니 "어버이날도 두 분 같이 모실 때가 우리도 신명이 났는데!" 은근슬쩍 내 눈치를 보며 빈자리에 떠난 엄마 생각이 떠오르는지 저 혼자 중얼댄다.

　내가 말할 차례다. "어버이날이 때로는 바쁜 삶 중에 부담스러운 때가 있을 수도 있겠지. 그러나 조선 시대가 지나서, 365일을 몽땅 어버이날이 아닌 것만으로도 다행이라며 위안을 가질 수도 있다. 너희들도 어버이가 되었으니, 자식에 관한 생각은 나와 별로 다르지 않을 것이다."

요즘 사람들은 나이가 드는 것을 '늙어 간다.' 하지 않고 '익어간다.' 표현하더라. 너의 사촌 형들도 어느덧 나이가 들더니 언제부턴가 형제자매가 존댓말 쓰는데, 옆에서 듣기도 보기도 좋더라. 그런 모습을 '익어간다고' 하는가 보더라. "너희 형제자매도 50대가 되었으니 손위 형제자매에게 존댓말을 쓰는 것이 좋겠다."라고 예를 들어 당부했다.

　"다른 친척이 볼 때도 그렇고 남들이 듣기에도 무례한 집안의 사람으로 휩쓸려 가지 말아야 한다. 이 자리에 누나가 동석하지 못했지만, 어리광스럽게 나대는 막내에게 주로 해당이 된다." 장남은 끄덕이며 새겨듣고 있었다. 또 "형제자매는 한 핏줄이다. 핏줄 인연은 끊겠다고, 끊어지는 것이 아니기 때문에 가족의 공동 관심사에 인정머리 없이 본체만체 한두 번 지나치기 시작하면 남과 다를 바가 없이 겉과 속이 같이 변해간다. 혹시 살면서 어려움은 없나 서로 살펴보고 먼저 손 내밀어 잡아줘야 핏줄의 가치이며, 부모 마음을 흐뭇하게 해주기도 한다. 그게 바꿔 말하면 간접적인 효(孝)의 한 가닥이 아니겠냐!" 어버이날 뒤늦게 장성한 아들에게 뒷날의 유언이나 되는 것처럼 당부했다.

　식사 자리에서 떠나 카페로 자리를 옮겼다. '검은깨 라떼'를 시켜놓고 어렸을 때부터 자기들과 부모 사이에 얽혀 기억나는 것들을 들춰낸다. 그중 전주살이에서 한때, 불행했던 사고로 가정이 휘청거려 어려움이 휘몰아칠 때의 기억을 소상하게 한다. 어린 나이에도 눈치를 챘던 모양이다. "저희는 딴생각하지 않고 오직 학업만 했죠."라는 일찍 철이 든 소리는 나를 숙연하게 하는 한편 흐뭇한 말이었다.

　둘째는 지금 생각하면 "아버지가 이른 새벽부터 하루 이백 리

길을 기차, 버스, 걷기로 섞어 별 보고 퇴근하시던 모습이 애처로우면서도 대단하시게 보였다. 그에 힘입어 삼 남매는 학업을 중단 없이 끝맺음할 수 있었으니 참 다행이었다." 술회하며 복분자 술 핑계를 대며 내 얼굴을 훔쳐본다.

그것은 "아버지니까 해야 했고 아버지니까 할 수 있었다. 어버이날이 별난 날이 아니다. 오늘 가족의 얼굴을 모두 보지 못했지만, 어디서든지 건강하여 즐겁게 생활하고 있으면 부모 또는 집안 어른으로서는 행복이고 효도받는 것이다."라고 반복했다.

우리는 이런저런 이야기를 하다가 오랜만에 삼부자가 같은 곳에서 잠이 들었다. 금년 어버이날은 장성한 두 아들과 살아온 이야기, 살아갈 이야기를 하면서 '사람으로 지켜야 할 도리를 게을리하지 않고 살아가는 것이 뒷날 후회를 줄이는 것'이 라고, 당부하듯 부모는 평생 잔소리꾼으로 살아야 하는가 보다.

- 2023. 5.

계절의 여왕 결혼식 풍년!

　　　　오월은 장미의 달, 결혼 선호의 달이었다.

짙은 장미의 향기는 신랑 신부를 유혹하는 마력이 있었는가 보다. 그러나 결혼식도 코로나 질병에는 어쩔 수 없어 한때 뜸했다가 코로나가 누그러지니 그간 미루어진 결혼예식이 한꺼번에 쏟아져 예식장 잡기가 작은 별 하나 따오기만 하단다. 용케도 이 계절 주말에 내게도 결혼 청첩장 하나가 날아왔다.

질녀의 아들(형님의 외손자)이 어려서부터 외롭게 홀어머니 슬하에서 자라나더니 혼기가 되어 결혼한다는 반가운 청첩장으로 장소는 전주 G 호텔 결혼 예식장이다.

헌칠한 키의 신랑 녀석이 허리 굽혀 공손하게 인사한다. 필자가 외가의 작은할아버지가 되니까 그럴 수 있으리라! 먼저 "축하한다. 그렇고 말고, 그래야지! 직장은 잡았으니 어서 서둘러 아이도 얻어야지! 그리고, 행복하게 살아야지! 그것이 태어난 본분이며 부모에 대한 도리이고 효성이며 행복을 찾는 순리가 아니겠냐!" 어느 주례에서 하던 입버릇처럼 칭찬과 격려 그리고 당부까지, 한꺼번에 했다. 꼰대라 해도 어쩔 수 없는 필자 세대의 유언이다.

신랑 어머니를 만나 등을 도닥이며 "좋은 날이다. 기쁘겠다. 얼마나 기다렸나! 그간 애써 아들 키운 보람의 결실이다. 이제 발 쭉 펴고 잠자도 되겠다. 축하한다."라고 숙부로서 지당한 응원의 말은 했지만, 심장마비로 죽음을 맞았던 아비를 대신해 거두고 챙기면서 여기까지의 과정들이 주마등처럼 떠올라 마음 한구석에는 찡하는 전류가 흐르는 순간이었다. 하객은 예상을 넘어 예식장이 좁아 보였다.

이 예식장에서는 내가 앉은 자리가 가장 연로한 자리였다. 유독 나만이 그들과는 행렬이 한두 단 높아 외로운 자리다. 행동거지가 손아랫사람들에게 예의 조심스럽다. 조카들 또래들이 찾아와 작은아버지라고 호칭을 쓰며 인사를 하고 건강을 물으니 더욱 그렇다. 앞으로도 이와 같은 결혼식이 몇 차례 더 이어질 것 같은데 스스로 기동하여 찾아올 수 있는 기력이 언제까지 유지될지 나도 가늠하기 쉽지 않다만, 건강이 허락하는 한 찾아와 먼저 가신 분들의 몫까지 축하해 주는 가족이 돼 줘야겠다.

결혼 예식도 많이 변하여 주례 없이 진행되는 예식이 보편화됐다. 신부 측 혼주가 혼인 선언문을 낭독하고 신랑 측에서는 신랑 외숙이 축사하게 되니 양가가 모두 번갈아 단상에 오르게 되었는데, 외숙은 축사로 시인 안도현 작품을 족자로 펼치면서 신랑·신부에게 메시지로 전하며 당부하는 모습이 독특했다.

그리고 친구가 축가를 대신 축시로 정숙하게 자리를 정리하며 인사로 갈음하더니 신랑이 신부를 위한 세레나데를 부른다. 어느 뮤지컬 단면처럼 멋 부린 동작으로 하객들의 웃음과 박수를 끌어내기도 하였다.

식순에 따라 가족사진 촬영 시간이 되었다. 나는 그냥 모르는 척 주저앉아 있었다. 모두 젊은이들인데 나이 많은 할아버지가 끼어서 있는 것이 모양새가 어떨까! 스스로 멋쩍을 것 같았다. 그런데 질부(姪婦)가 내 손을 이끌더니, 단상에 둘째 줄 중앙 신랑 신부 뒤로 안내했다. 식장에서 어른 대접을 받는 기분이다.

혼주는 회식 자리를 둘러 인사하다가 내 곁에 와서 교통비라며 봉투 하나를 슬그머니 내놓으며 "작은아버지가 제일 어르신인데 이른 아침 서울에서 오셔서 축하해 주니 이를 데 없이 반갑고 고맙다."라고 말한다. 어느덧 이제 어느 자리에 가면 이런 대접을 받게 되니 기분 좋다기보다 '아! 세월이 그렇게 되었구나!' 허전한 생각도 들었지만, '챙겨줘 고맙다.'라고 인사가 나왔다. 어떻게 생각하면 건강하게 오래 사는 복으로 이런 대접을 받는 것도 같다만….

혼주에게 넌지시 요즘은 "결혼하면 바로 분가를 한다는데 어떻게 하느냐?"라고 물었다. "제가 수년간 꾸겨놓은 자금과 신랑이 봉급으로 저축한 돈, 그리고 약간의 은행 대출금을 합쳐 작은 평수 새 아파트를 마련해서 새 보금자리로 나간다."라고 한다. "혼자 키우면서 애썼다. 아비가 있어도 어려운 일인데 혼자 장하다. 너나 하니까 빚 없이 해냈구나!" 하면서 어깨를 다독였다.

떠난 형님을 대신해 참석한 숙부가 격려해 줌이 마땅하리라 생각했다. 이제 "손주 얻으면 때론 힘들어도 할머니가 되었으니 챙겨봐야 할 일이다. 맞벌이 부부에게는 시어머니가 힘이 되어주어야 한다."라고 내가 어머니를 모시고 먼저 경험했던 일을 전하기도 했다.

연회석에서 여러 계층의 후배들과 정담을 나누며 식사하고 있는데 생질녀가 찾아왔다. "외삼촌 여기 계셨네요." 웃으며 무엇을 내민다. 베이지 색상에 예쁘게 디자인된 청첩장이었다.

코로나로 멈췄던 결혼식이 내 주위에 연이어 이루어지는 그것이 다행이고 기쁨이었다. 속된 말로 고지서 인상과는 전연 결이 다르다. 고대했던 일이었기 때문이다.

미혼들의 결혼하지 않겠다는 흐름, 결혼해도 아이를 갖지 않겠다는 생각, 우리네 생각과는 전연 다르기에 이에 대한 국가정책이 시급히 나와야 할 때다.

이 청첩장에는 흔히 쓰이는 계좌번호가 없었다. 생질녀(혼주)가 공직에 있기에 김영란법을 의식하고 직접 초대로 가까운 친지들만 모시는 것 같다. 전주가 아닌 서울 성당에서 조촐하게 한단다. 여기도 연로한 누님이 건강상 원거리 예식장에 참석하기가 어려울 것 같아 외삼촌 되는 필자가 참석하여 축하해 줘야겠다.

— 2023. 5.

곡성 세계 장미 축제

───── 계절의 여왕 오월 장미꽃!

서울 장미꽃 축제는 중랑천 둔치에 조성된 장미원에서 5월 중순에 이루어졌다.

서울 장미원을 둘러본 시민들은 장미 향에 취했는지 벤치마다 멍때리고 있는 모습이 진풍경이다. 구름 떼 관중은 코로나 19로 3년 묶였던 인파가 한꺼번에 쏟아졌는지도 모른다.

장미꽃은 꽃 중의 꽃으로 아름답기 이를 데 없지만, 가시의 무기로 철저히 자기 보호를 할 줄 아는 꽃이 매력인 것을 잊지 말아야 한다.

장미꽃의 원산지는 아시아 쪽인데 태평양을 건너 오히려 미국의 국화로 사랑받고 있다. 아이러니하게 우리나라 정원에서도 국화인 무궁화보다 장미꽃을 더 많이 볼 수 있는 것은 곱고 아름다우며 향기가 독특하므로 어쩔 수 없는가 보다.

꽃다발을 하나 만드는 데도 무궁화는 안 보여도 빠지지 않고 끼는 꽃이 바로 장미꽃 송이다.

올해는 무슨 심리가 발동했나? 서울 장미 축제를 즐기고 '세계'로 이름을 붙인 곡성에서 펼치는 제13회 세계 장미 축제가 궁금해 쫓아갔다. 이곳에서 1,004종의 장미 3만8천 그루가 꽃을 피워 장미 누리가 되었다. 장미꽃이 상징하는 것에는 무엇이 있는가? 꽃말부터 챙겨봤다.

빨강 꽃은 열렬한 사랑, 기쁨, 아름다움, 욕망이며, 흰빛 꽃은, 순결함, 청순한, 존경심, 새로운 시작을 뜻한다고 한다. 분홍색 꽃은 행복, 사랑의 맹세, 노랑 꽃은 우정과 영원한 사랑, 질투. 이별을 뜻하고, 주황색 꽃은 첫사랑, 수줍음, 파란색 장미는 기적 희망, 검은색 장미는 당신은 영원한 내 것, 증오 집착 등 생각하기에 따라서는 좋은 말 나쁜 말 섞여 헷갈리는 꽃말을 지닌 장미꽃들이기에 선택의 잘못으로 장미꽃 선물이 악재가 될 수 있는 묘한 꽃이다. 장미가 아름다워도 노랑꽃 장미와 검은색 장미는 생각하여 선물할 꽃들이다.

곡성 세계 장미 축제는 영국, 프랑스 등에서 유럽에서 열리는 장미 축제에 뒤지지 않는 다양한 종류, 수량, 시설 규모라고 홍보한다. 장미꽃 판매소, 생태 학습관, 영상실, 전시시설, 기념품 판매점, 먹거리 시장 등 심심치 않게 볼거리와 즐길 수 있는 그곳이 즐비했다. 서울 장미 축제와는 격이 달라 역시 세계란 간판을 붙일 만했다.

장미원에는 언덕배기 동산의 전망대가 있어 이곳에서는 장미정원을 한눈에 내려볼 수 있으며 연못의 오작교에서는 연못에 드리워진 장미꽃 그림자가 하늘 위에 뜬 그림으로 보이고 덩굴장미 터널은 바로 꽃 대궐이다.

섬진강 기차 마을 증기기관차 운행은 장미마을 관광의 필수 코스

다. 50~60년대 증기기관차로 여행하던 시절의 추억을 떠올리기에
충분했다. 좌석 174석, 입석 150석으로 3량이 가정역까지 10km를
25분에 느리게 굴러가며 15분 멈춰 섰다가 다시 돌아온다.

우린 11시 출발 2호차 승차권을 10시 55분에 가까스로 2장 샀
더니 좌석 한 장(8천 원), 입석 한 장(6천 원), 짝짝이로 2회차 마지
막 승차권이다.

오랜만에 듣는 증기기관차 뚜~ 하고 기적이 울린다. 뛰듯 속보
로 갔더니 옛날 고교생 복장 차림의 앙증맞은 승무 보조원이 열차
입구에서 미소 짓고 '얼른 타세요.' 손잡아 올리며 맞이한다. 학생
모자에 高(고)를 달고 교련 복장에 팔엔 노란 선도 완장까지 갖춘
쉰 살은 족히 넘어 보이는 가짜 어른 학생이다. 짜리 몽땅 체신에
얼굴은 쇠어 보인다.

개찰 당시 내 얼굴을 자세히 뜯어보더니 노인네들의 마지막 표
입석 하나, 좌석 하나가 맘에 걸렸든지 기차가 출발했는데 2호차
가운데로 헤집고 와 서서 있는 내게 손짓한다.

따라가 보니 1호 차 순방향 VIP 2인석으로 안내하는 것이었다.
'이게 웬 떡이냐!' 감탄하며 좌석에 눌러앉아 '우리를 VIP로 생각
했나! 좋은 인상이 풍겼나! 아님. 애처롭게 보았는가!' 졸지에 이런
도움받는 순간도 있다고 흥분을 감추지 못하고 즐거워 중얼댔다.
둘 중 하나는 분명 덕장(德將) 이나 복장(福將) 같은데 서로 아니라
고 손사래 치며 겸양지덕을 보이며 웃었다.

출발 10분쯤 지나니 선도 학생은 키보다 높은 밀차에 음료수와
과자 종류를 넘치게 싣고 우리 쪽으로 온다. 음료수는 가방 속에
있었지만, 얼른 사이다 한 캔을 들고 천 원을 줬더니, 돈을 받고
고맙다고 한다. 순간 음료수를 다시 들었던 곳에 살짝이 올려놨

다. 선도는 눈치채고 "아니."라며 다시 우리에게 주거니 거절하거니 하다가 결국, 우리 고집이 이기고 말았다. 올 때도 이 자리를 이용할 수 있느냐고 욕심이 생겨 물으니 아니라고 한다.

15분 동안 가정역 주위를 둘러보고 되짚어 승차했다. 승차권은 왕복이니 똑같다. 출발 기적이 울리는데 이번에도 부리나케 내 곁에 오더니 따라오란다. 역시 1호 차, 가서 보니 이번엔 빈자리가 없었다. 2호 차로 되돌아와 역무 보조원(선도 학생) 자리를 내게 배려하여 앉아 올 수 있었으며, 가던 길 반대편 못 보던 섬진강 물길 보며 올라올 수 있었다.

필자는 올해 오월 장미의 계절을 맞아 두 곳에서 장미꽃 축제를 즐겼으니 분홍색 장미꽃 닮은 행복이 찾아오려나! 은근슬쩍 기대해 본다.

– 2023. 5.

삼시 세끼

―― 삼시 세끼!

가난해서 배 곯았을 때 많이 듣던 말이다. 뒤따라오는 말이 삼시 세끼 잘 먹었다는 말보다 삼시 세끼 어떻게 했느냐고 염려하는 인사말이 더 많이 따라왔기 때문이다. 삼시 세끼는 40~50년대 우리 농촌의 춘궁기 보릿고개를 회상하게 된다. 이 시절에 빈부의 차이는 세끼를 어떻게 때우느냐에 따라 구별하기도 했다.

북한에서 말하는 '메밥에 고깃국 한 그릇이' 소원이라는 말이 우리도 한때 비슷한 처지였다. 흰 쌀밥으로 삼시 세끼를 때웠다면 부유층이고, 세 끼를 무엇으로든지 빼놓지 않고 때웠다면 그런대로, 세끼를 이것저것으로도 다 못 채우고 걸렀다면 빈곤층이다.

일제강점기 잔재가 다 가시기 전 미완한 농지개혁 때 대부분 소작인은 지주의 다랑논을 비롯해 천수답 등에서 경작한 농작물을 지주에게 일정량 주고 공출도 해야 하며, 나머지로 생활하다 보니 농사지어 보았자 거푸집만 쌓였고 식량은 태부족이었다.

내가 일곱 살 초등학교에 입학했을 때로 기억된다. 하루는 아침에 일어나 보니 식구들이 일어나 마루에 걸터앉아 말없이 앞산만 물끄러미 바라보고 있으니, 적막이 흘렀다. 그중 어머니가 안 보이시더니 머리 위에 자루 하나가 얹힌 채 싸리문을 젖히고 들어오고 계셨다. 누나가 얼른 흙마루를 내려가 받아내려 놓는데 앞마을 당숙 댁에서 끼니를 잇기 위해 새벽에 쌀과 통밀 몇 되 박을 꾸어오신 것이다.

이 쌀을 갖고 어떻게 며칠을 먹었는지는 기억하지 못하지만 아마 햇보리를 수확할 때까지 미숫가루, 쑥버무리, 콩 비지, 칡뿌리, 냉이, 과일과 섞어 목구멍 풀칠을 하는 정도로 끼니를 때우며 버텼던 보릿고개 아니었던가 생각된다. 이를 사자성어 한마디로 초근목피(草根木皮)라고 해도 되는지 모르겠다.

흉년까지 들어 비록 우리만이 아니고 마을 아니, 많은 국민이 이와 흡사한 생활을 하지 않았을까 여겨진다. 도시중학교 진학으로 각지에서 모인 친구들과 은연중 이야기하다 보면 대동소이한 생활을 하며 살아온 것이다. 그것이 보릿고개다. 글짓기 작품들도 애처롭게 먹고 사는 내용들이 입상 작품이 되었다.

지금 와서 생각하면 헛웃음 치며 웃기는 이야기로 소설처럼 들릴지 모르지만, 그 시절을 겪은 어르신네들은 아련한 추억에 고개를 끄덕이실 분이 있을 것이다.

인구 대비 절대 농산물생산이 부족했던 시절이다. 지금처럼 간식거리가 많이 있을 턱이 없고 삼시 세끼에 겨우 의존해서 근근이 살았으니 말이다.

요즘 어떤 말쟁이는 "굶기도 했었다면 왜 굶어? 햄버거나 라면이라도 끓여 먹지!" 했다는 말꾼들의 재치 있는 우스갯소리는 그냥 웃기만 하고 넘기기에는 너무나 안타까움이 서리어 있다. 세계

최빈국에 머물러 있을 때다.

그러다 경제개발 5개년계획이 7차까지 한 단계 두 단계 성공적으로 착착 이루어지면서 우리 생활은 완전히 바뀌어 북한과 비슷했던 생활은 청산되고 남북한의 뚜렷한 격차가 드러나기 시작하여 우리는 일약 원조받던 국가에서 원조하는 나라로 뒤집혔다.

1960년대 새마을운동 우리도 "잘살아 보자."라는 국민 운동 구호로 '하면 된다.'라는 자신감은 국민 정신을 일깨워 우리 삶은 크게 바뀌기 시작했다. 통일벼로 벼 품종을 개량하면서부터 소출이 배로 늘어나고, 영농 방법과 기술도 조금씩 기계화로 개선되면서 생산 배가운동이 이루어져 우리 먹거리가 풍성해지기 시작했다. 많은 것이 눈 깜짝할 사이 흔해지고 풍부해졌다.

발전하는 과정에서도 한때는 흰 쌀밥보다 잡곡밥이 "영양 섭취가 골고루 된다."라고 혼 분식을 정부 시책으로 밀어붙이기도 했었다. 학생은 도시락에 혼식이 안 되면 지참하지 않았으며 혹 그런 도시락이 발견되면 담임은 면책(面責)되기도 했다. 우리 경제 발전의 과정이다.

요즘은 다이어트 차원에서 하루 두 끼 하는 사람이 늘어나며 식사량도 줄여 쌀 소비량이 엄청나게 줄어 있다. 농작물은 대량 생산에 소비는 줄었으니, 옛날과는 반대 현상이다. 남아도는 정부미를 일 년 보관하는 데도 조(兆) 단위 금액이 필요하단다. 꿈인지 생시인지 헷갈린다.

우리나라는 농본주의 사상이 깊게 자리하고 있다. 산업은 공업화로 급진전했고, 영농도 기계화 특수작목 개발이 눈에 띄게 보편화되었다. 이제 곡류의 다양한 가공식품 등으로 식생활을 개선하도록 연구·개발하는 것이 우리 과제다.

동남아시아에서 K 푸드 레스토랑이 급상승하고 있다는 것은 우리 것 음식 문화 김밥, 라면 먹거리가 세계인 것으로 개발되고 있음이 증명되는 것으로 매우 고무적이다.

　삼시 세끼를 때우지 못했던 우리가 먹거리 재료가 남아돌아 가고 의도적으로 두 끼가 보편화 되어가니 아이러니한 격세지감이다. 풍요로운 세상이 된 것은 분명하다.

　자연히 행복지수도 상승했다. 남아돌아 가는 농작물을 조속히 K 푸드로 가공하여 세계인의 기호식품으로 연구 개발하는 것이 과제다.

– 2023. 5.

6·25 사변 겪은 세대

───── 아! 6·25 사변 73주년! 꽤 오래됐구나!

"전우의 시체를 넘고 넘어, 앞으로, 앞으로!" 6·25 전쟁이 빚어
낸 군가 「전우야 잘 자라」 첫 소절이다. 이 군가를 부르면서 전진하
던 우리 병사의 눈에선 눈물보다 불빛이 튀어나오지 않았을까! 군
가를 부르며 잃었던 땅을 다시 밟는 정황을 생각해 보면 비참함과
환희가 뒤엉켜 눈의 불빛은 냉큼 사라지지 않았을 것이다.

6·25를 겪지 않은 그 누가 전쟁은 어쩌고저쩌고 이러쿵저러쿵
쉽게 말할 수 있단 말인가! 전쟁은 잔혹한 것, 이 땅에 또다시 일
어나서는 안 되는 참혹한 것, 인생을 파멸로 이끄는 불장난이다.

우리에겐 역사적으로 침략에 대항하는 피동적인 전쟁이 자주
있었다. 대륙과 바다 건너의 침략자에게 국력이 허술하여 얕잡아
보였기 때문이다. 전쟁광들은 왜 이런 전쟁을 좋아하는가? 오직
분수에 넘치는 탐욕, 지배욕, 만용, 우월감, 국익 등에서 만족을
채우려는 야욕이 전쟁 도화선이다.

필자 초등학교 입학은 해방되고, 첫해였다.

일제강점기에 입학 못 한 학령 아동까지 몽땅 떼거리로 몰려들어 6~10세가 동시에 입학이 되었으니 체격 체력 정신 지수 등 큰 차이로 오합지졸 동 학년이 되었었다. 시골 자그만 학교에 형제, 자매가 동시에 입학하여 6개 반이 되었으니 말이다. 강점기에 마음대로 교육받지 못하던 학동들의 설움이 해방과 동시에 문맹 퇴치로 승화되어 교문으로 미어터졌다.

그런 과밀 상태에서 어언 5학년이 되자 1950년 6월 25일 새벽 북한군의 남침으로 한국전쟁이 발발(勃発)했다. 전쟁으로 불행하게도 교사(校舍)가 소각되어 전시(戰時) 3년이란 공백 기간을 흘려보내면서 그들은 어디론가 제각각 뿔뿔이 흩어지고, 1954년 남자 15명, 여자 6명, 겨우 21명이 졸업하여 절반은 어렵게 중학교로 진학하게 되는데 필자도 그중 하나에 끼었다.

마을 이웃집 형은 전시에 급조된 제주도 훈련소에서 훈련받고 급격히 전선에 투입되었으나, 얼마 안 있다가 어느 전투에선가 초개처럼 쓰러져 전사자로 통보되었다. 적군의 총탄에 쓰러진 것만은 분명했다.

부모들은 자식을 군대에 보내놓고는 주야 무운을 빌며 어서 종전을 학수고대했지만, 전쟁이 길어지니 무사히 제대하기를 기다릴 뿐이었다. 전사자 한(韓) 씨 댁에 조문을 다녀오신 아버지는 충격을 받으셨는지 벌써 나이 어린 아들(필자)의 미래를 염려하고 계셨다.

아버지는 '전쟁 중에도 교육은 이루어진다며 아들이 결국 선생' 되기를 바라셨다. "선생은 교육으로 국가를 지키며 무에서 유를 찾아내는 선도자로 최후의 보루가 되기도 한다." 하시면서 '사범학교'(현 교육대학교 전신)에 진학할 것을 은근히 권하신다. 당시 사범학교는 본과와 병설 중학 체제인데 중학 입학하면 본과에 그냥(6

년제) 진학하는 것으로 착각하시고 하신 말씀이다.

그 민간 정보가 적중이라도 한 듯 '당시 교사는 군 복무 3년 중, 단기 1년 동안 최전선에서 짭짤한 군 복무를 마치고 2세 교육에 충실하라.'라고 하는 국방 의무 정책이 펼쳐졌다. 사회 풍조는 "선생 똥은 개도 안 먹는다."라고 천시하고 힘도 없으며 가난한 직종이었지만, 나는 모르쇠로 군필하고 부친께서 권유한 교육자의 외길에서 한눈팔지 않고 42년 반평생 이어가다가 정년퇴직하니 연금 수급자가 되었다. 돌이켜보면 어쩜 6·25 사변은 필자를 교육자로 안내한 계기가 되었다.

필자 초등학교 때 시작된 전쟁이 70년이 넘도록 지금도 휴전상태에 있다. 전쟁을 겪은 세대들은 다시는 전쟁이 없어야 한다는 생각이 굳어져 안보 의식이 더 강하다. 요즘은 북한이 자랑하고 있는 핵과 미사일을 시험 발사하면서 남북 관계는 또다시 긴장되고 있다. 우리뿐만 아니라 우리 동맹국들도 불안하게 여기고 대비하는 것은 마찬가지다.

전쟁을 억제하려면 상대보다 강한 힘이 필수다. 전쟁광은 상대가 약하다고 판단할 때 가차 없이 침략으로 전쟁을 일으키곤 한다. 자기가 상대적으로 약하다고 판단되면 절대로 상대를 건들지 않는다. 어떤 바보가 패전이 예상되는데 선전 포고 하겠는가?

다만, 오판에서 오는 전쟁을 막으려면 오직 국론 통일 단합된 국민정신, 튼튼한 안보 의식, 새 무기로 잘 훈련된 막강한 군사력, 도움을 받을 수 있는 우방과 안보동맹 구축 등 강력한 국방력이다.

전쟁을 겪어보지 못한 세대는 대수롭지 않게 생각할 수도 있겠으나, 겪어본 세대는 제발 전쟁만은 없기를 기원한다. 전쟁이라면 넌덜머리가 나서 최악의 순간이 떠오르기 때문이다. 러시아와 우크라이나 전쟁의 전화(戰禍)가 TV에 방영된다. 어디 예사롭게 보아서 되겠는가! 우리 앞에 닥칠 수도 있기 때문이다.

또 한 해 6·25를 넘기면서 동서독 통일의 교훈 등으로 하루빨리 평화적인 통일의 문이 열리기를 기원한다.

– 2023. 6.

1952년 전주사범학교 전경

보훈의 달

───── 엊그제 현충일!

징검다리 연휴가 지나는가 싶더니 둘째 아들에게서 전화가 왔다.

"다음 주 토요일 일정이 어떠시냐?"는 전화다. "왜냐?"라고 되묻는 말에 "6월은 보훈의 달인데 다행인지 불행인지 우린 아직 현충원에 가까운 친인척이나 개인적으로 특별히 참배하실 분이 없어 대신 갑산 추모 공원에 모신 어머니 묘소에 가서 추모하고 싶다."라고 한다. "누나와 동행하기로 했는데 아버지 시간 되시면 모시고 다녀오면서 점심을 같이하고 싶다."라는 말도 덧붙인다.

"그것도 좋겠다. 현충원에 아직 마땅히 찾아뵐 분이 없으면 대신 어머니 묘소를 찾아 성묘와 조화도 바꿔주고 묘소 주위 잔디도 가지런히 다듬어 주는 것도 좋을 것 같다."라고 훈수했다.

"가는 길 국도 6번 도로가 주말에는 동해안 쪽으로 향하는 나들이객 차들이 많아 교통체증이 심하게 생길 수 있으니 서둘러 출발하는 것이 좋겠다."라고 당부했다. 일행은 셋이다. 그런데 아침 8시 6번 국도는 차가 밀리지 않아 안전운전으로 예정 시각을 앞당겨 도착했다. 아마 지난 징검다리 휴일에 동해안 쪽에 다녀온 행락객들이 많았는가 짐작이 들었다.

갑산 추모 공원 갈 때마다 들리던 화원에서 딸은 조화지만 생전에 그의 어머니가 좋아하던 백합꽃 두 송이와 코스모스 들국화를 챙겨 들었다. 우리와 생각을 같이 한 사람이 많았던지 갑산공원 추모객은 평소 주말보다는 붐벼 공원을 출입하는 좁은 길에서 비켜 가기에 신경 써야 했다.

이 길을 통행할 때마다 진입로 확장과 너덜너덜하게 팬 도로 보수를 언제나 하나? 기다렸지만, 아직도 오리무중으로 불편함이 뒤따랐다.

필자는 준비한 장갑을 끼고 전지가위로 봉안묘 둘레에 뾰족하게 올라온 잔디를 가지런히 자르고 자른 풀잎을 남김없이 거두어냈다. 아들은 물티슈로 봉안묘 틈새까지 흙먼지를 꼼꼼하게 닦아냈다. 딸은 종이 가방에서 준비한 떡과 사과를 비롯한 과일 몇 가지 그리고 술을 꺼내어 챙겼다. 술을 아들이 따라 앞에 올려놓더니 둘이 재배한다. 적막감이 흘렀다. '영혼(처. 어머니)은 오늘은 다들 어디 가고 너희 둘만 왔느냐고 묻는 것' 같았는지 둘째가 서둘러 '형은 병원에 의사결원으로 당직이 잦아 동행하지 못했다.'라고 사실대로 중얼거리는 것 같았다. 이어서 딸은 '사랑해 주시던 손자들은 모두 대학 기말 시험 기간이라 참석이 어려웠고 추석 성묘 때 찾아올 것이라고' 눈을 지그시 감고 소곤대는 것 같았다.

태양의 고도는 6월의 햇볕을 겨누어 쨍쨍했다. 우산을 양산으로 받쳐 들고 둘러앉아 음료를 마시면서 생전의 고인(처. 어머니)에 관해 이야기한다. '겨울만 되면 추위 때문에 애를 태우셨는데 고인이 되어서는 원대로 따뜻한 곳에서 지내고 계시는 것' 같다고 딸은 말한다. 아들도 한마디 "인생 후반부에 그렇게 산을 좋아하시어 서울 둘레 불, 수, 도, 북 산을 주말마다 빠지지 않고 찾아다니시더니 경치 좋은 산 언저리에 오셔서 쉬시는 것 같아 위안이 된다." 라고 거든다.

오래전에 고향 선산에 묫자리를, 풍수 지관을 통해 마련했었으나 막상 일을 당하고 나니 자녀들의 의견은 달랐다. 그들의 공통된 의견은 가고 싶을 때 자주 가볼 수 있는 곳을 선호했다. 서울에서 가까운 주변 공원묘지 선택을 원하여 수도권 교통이 편리한 갑산 추모 공원에 안장하게 되었다.

산세가 광주산맥 중미산자락에 자리한 갑산공원은 앞엔 북한강이 흐르고 강 건너 남양주 예봉산과 남서쪽엔 하남시 검단산이 응시하고 있었다. 추모 공원 관리인 너절한 설명처럼 명당이면 참 좋겠다. 갑산공원 이름은 실향민이 함경남도 삼수갑산을 그리며 지은 이름이란다.

돌아서기 전 아들과 딸은 봉안묘에 손을 얹었다가 가벼이 쓸어내리며 무어라고 중얼거린다. '근심과 걱정 없는 곳에서 편안하게 계시라.'는 인사말인가 보다. '추석 때는 전 가족이 찾아오겠다.'라는 약속도 빼놓지 않는 것 같다.

이곳에 오면 자연스럽게 고인의 생전 모습이 떠올라 그리움을 되새기게 되는 것 같다. '월요일 아침에는 세피아 조수석에 부인을 태우고 갑산공원 앞길을 거쳐 출근했던 일, 토요일 오후에는 다시 짐을 챙겨 이길 따라 서울집으로 달려가던 생각' 말이다. 오십 대 젊은 교장 때 추억이다. 규정 속력으로 달려보면 40분이 다 걸리지 않았다.

점심은 도중 카페가 아니라 집 근처에 와서 외식했다. 독서실에서 시험 공부를 하는 손자와 같이하기 위함이다. 손자는 동행하지 못해 멋쩍어했으나 현실을 무시할 수 없는 형편임을 같이 이해했다.

올해의 보훈 달에는 갑산공원에 편히 쉬시는 봉안묘 영혼을 추모하는 달이 되었다.

수필 좋아하는 전문의

        『사대교와 퍼플섬』은 필자가 지난 12월 세 번째로 출간한 수필집이다.

수필집을 출판하면서 많은 판매가 되리라고는 아예 생각지 않았다. 필자가 유명한 기성 작가도 아니요. 저명한 사회적 인사도 아니기에 판매에는 애초에 신경 쓰지 않았다. 판매에 기대하기보다 친지들에게 기증하여 느지막이 활동하고 있음을 넌지시 전하면서 아직은 건재하고 있음을 내비치는 표식이라고나 할까!

자주 만나지 못하는 친인척, 동고동락했던 전직 동료, 그리운 동창생, 동호회원, 사랑했던 제자 등 그렇게만 챙기다 보니 서운한 곳이 떠올랐다. 필자가 근래 정해놓고 진료받으러 찾아다니는 개인병원 정형외과 C 원장께 의향은 묻지 않은 채 덮어놓고 세 번째 수필집도 불쑥 내민 바 있었다.

그리고 난 뒤 얼마 후 아들에게서 간접적인 소식이 왔다. C 병원장이 필자의 저서 『천사대교와 퍼플섬』을 읽고 했다는 뒷말이다. "그 연세에 글을 쓰시는 것이 쉽지만은 않을 텐데 수필집을 세

권이나 출간하셨으니 대단하신 분이라." 하더니 '내용도 좋았다고' 찬사를 했단다.

　C 병원장은 내가 친목 배구 동아리 활동을 하면서 팔다리 자잘한 진료를 받기 시작한 정형외과 명의(名医)로, 얼추 20년을 넘게 진료를 받았으니, 필자에겐 정형외과 주치의가 되었다. 정형외과 전문병원으로 내과 신경과 마취과 통증의학과 재활치료도 병행하는 중급 병원으로 근처에서 뜬 병원장이다. 예약제로 진료하나 항상 북적댄다. 어깨 회전근개파열, 무릎 연골 염증 등으로 병원을 찾았을 때 치료를 해주며 "이제는 배구 동아리 활동은 내려놓는 것이 좋겠다."라고 넌지시 걱정하며 권유한 바 있었다. 그러면서 대안으로 평지 걷기, 자전거 타기 수영을 권장했었다.

　그래도 내 몸에 오래 붙은 취미를 쉽게 놓지 못하고 어울림이 좋아 시나브로 활동하다가 결국 두 무릎 연골 파열로 시술 수술 차례로 사지를 모두 C 원장의 의술에 기대게 되었으니, 필자를 배구광 노인네로만 알고 있었는지도 모른다. 그런 중에 수필집 두 번째, 세 번째를 연거푸 기증해 드리니 어느 날 눈여겨 들여다본 것 같다.

　수필문집을 발간하고 아들에게 친구들께도 보여 줄 여유분이 있을 것이라고 했지만, '의사들은 전문 서적 보기에 보대끼어 다른 서적은 읽을 여유가 별로 없을 것'이라고 하면서 친구들에게 부담을 주지 않으려는 눈치였다.

　고등학교에서 대학 진학을 하기 위하여 문과, 이과를 가른다. 문과생은 어문 계열에 소질이 있다고 보면, 이과생은 이공계 학과를 좋아한다고 쉽게 구분해 볼 수 있다. 필자도 이과 출신인 의사는 수필집과 거리가 있을 그것으로 지레짐작했었다. 그런데 C 원장에게서 예상하지 못했던 찬사를 들으니 그게 아니었다. 그제야 아들도 가까운 친구 전문의(專門医) 몇 분에게도 『천사대교와 퍼플 섬』 수필문집을 전했던 것 같았다.

또 다른 전문의는 서울에서 인천을 오가며 20여 년 경력의 중견 내과 전문의다. 그는 "무료함이 엄습할 때 천사대교 수필집을 챙겨 들면 시간 가는 줄 모르고 퍽 재미나게 읽었다."라고 하면서 두루뭉술하게 칭찬하더란다. 그러나 나는 그 말을 곧이곧대로 믿기보다 '친구 아버지의 작품에 대한 통상 예의를 갖춘 인사말을 과하게 했겠지!' 하고 흘러들었다.

그러나 전문의는 한술 더 떠 필자의 수필 2집 『두물머리의 추억』도 읽어봤으면 좋겠다고 아들에게 전해왔다. 그 이야기를 전해 듣곤 생각이 좀 달라졌다. 특히 독자가 필자와 같은 세대도 아닌데 필자의 생각이나 가치관에 공감하면서 2집도 읽어 보고 싶다는 말을 전해 듣는 순간 가슴에 잔잔한 흥분이 일었다. 또 한 이공계 DNA에서도 독자가 생겼다는데 기쁨과 자부심이 엉켰다.

책은 읽고 싶어 하는 사람에게 보고(宝庫)다. 그렇지 않은 사람에게는 걸리적거리는 짐이 될 뿐이고, 한편 치우기조차 버거운 쓰레기로 처리될 뿐이다. 서재에 보관되어 있던 두 번째 수필집을 망설임 없이 중간 배달 역할 아들에게 보냈다. 아무래도 3권보다는 감동이 덜 할 수도 있겠지만, 그것은 오직 독자의 몫으로 여기고 말이다. 수필 3집을 읽고 2권까지 소급해서 보고 싶다는 독자는 처음이어서 나에게는 감회와 한편 두려움도 떠올랐다.

수필을 읽다 보면 유달리 마음이 끌리는 제목과 내용이 있을 수 있다. 자기의 처지나 과제, 공상 등이 맞아떨어질 때, 전개됨이나 결론에 공감도 하고 어필할 수 있다.

이공계 출신이기에 수필집은 거리가 있을 것이라는 섣부른 지레짐작은 크게 빗나갔다. 문학도서는 문과 이과를 따져서 생각할 것이 아니라 그들에게도 습관, 취미, 환경, 기호 여건에 따라 반응이 각각 다르게 나타날 수 있다는 사실을 뒤늦게 알게 되었다.

- 2023. 7.

배사모 시니어(senior)

　　　 우리 생활이 국제화되면서 이제는 누구나
외국어 하나씩은 쓸 줄 알아야지 쪽팔리지 않는 시대가 닁큼 다가
왔다. 아니 하나로는 부족하여 두셋으로 넘어간다.

그러다 보니 실생활에서도 알게 모르게 외래어가 자연스럽게 튕
겨 나온다. 심지어는 동아리 이름까지 외래어가 넘봐 '배사모 시니
어'도 반쪽은 줄인 말 반쪽은 외래어가 차지했다.

외래어가 생활어로 되다시피 되었다. 말할 때나 글을 쓸 때도
토막영어나 외래어를 섞어 쓰면 격조 높은 사람으로 착각하던 시
대는 지난 지 오래됐다.

그러나 언론 매체에서 외래어를 스스럼없이 과도하게 남용하고
있는 것을 '국어 사랑' 모임에서는 도를 넘는다고 못마땅해하는 것
도 그럴듯하다. 국제화 시대에 적응하며 발맞추어 나가려면 어쩔
수 없는 현실인데도 지나침에 국어 사랑 걱정도 맞는 말이다.

지난 6월 윤 대통령이 미국을 국빈 방문했을 때 미국 상원에서
영어로 연설한 것이나, 백악관 국빈 만찬에서 「아메리칸 파이」(영화)

노래를 원어로 한 것은 기립박수를 받아 국내외 화제가 되었으며, 외교가에 보탬이 되었다고 한다.

동아리 끝에 붙은 '시니어(senior)'를 조금 더 살펴보면 주니어에 비교되는 단어로 흔히 나이가 많은 쪽을 가리킬 때 주로 사용하는 외래어다. 굳이 사전적 내용을 더듬어 본다면 "연장자, 손윗사람, 어른, 선임자, 선배, 상관, 상급생 등을 칭할 때, 주로 사용한다."라고 쓰여 있다. 나이로는 65~80세에 이르는 세대를 주로 말하는데, 우리 동아리와 딱 어울려 선택한 외래어였다.

인간에게는 주어진 환경이 성장 발달과 성격 형성에 매우 큰 영향을 끼친다고 학자들은 말한다. 실제로 맹모삼천지교(孟母三遷之敎) 교훈은 우리 사회의 변화에 적지 않은 영향을 끼치고 있었다. 가족 중에서도 누구와 생활을 같이했느냐? 친구는 누구냐? 또 무슨 일을 어디서 누구와 했느냐? 어느 학교를 나왔느냐에 따라 그 사람을 간접적으로 평가도 하고 가늠하기도 한다.

인간은 어쩔 수 없이 직간접으로 그 환경에 적응하며 또한 영향을 받아 살아가기 때문이다. 인간은 사회적 동물이 맞다. 향우회, 동창회, 입사 동기, 각종 동아리 등 다양한 만남에서 서로 어우러져 도움을 주고받아 친교를 넓히며 살아간다.

필자가 소속했던 동아리가 바로 그중 하나다. 이름은 '배사모'였다. 즉 '배구를 사랑하는 모임'을 줄여서 일컫는 말이지만 사실 배구를 매체로 하는 친목 모임이 더 정확하다. 배사모에서 활동하다가 그것도 나이가 차고 넘어 체력에 한계가 오자, 퇴로를 찾다 보니 배구로 인한 정을 떼지 못하고 '배사모 시니어'로 이름을 붙여 돌아앉은 모임이다.

배사모 시니어는 나잇값으로 회원과 가족의 애경사를 1호로 챙기는 전통이 암암리에 정립되었다. 감춰진 속내는 모두 들통났고 이제 가려질 것도 이해 못 할 것도 없이 나신(裸身)이 되었다. 노장군(老将軍)들은 운동 정신을 바탕으로 이제 눈과 입으로만 배구하게 됐다. 그들은 쾌활하고 거짓 없이 정확하고 의리가 있어 남의 빈축을 사는 일이 없는 것이 공통이며 군더더기가 없는 말끔한 노신사(老紳士)가 정평이다.

구성원들은 고향도, 출신학교도, 나이도 모두 다르다. 정년퇴직 교원이 8명, 그 외 지역 사업가로 배구에 관심도 높은 인사도 몇명 있다.

얼추 25년 지나다 보니 몇 년 전 배사모 시니어가 중국 여행 중운태산 깊은 골짜기를 힘들게 빠져나오면서 자리 잡아 앉아 쉬게되었다.

바위 사이를 굽이쳐 맑게 흐르는 물을 물끄러미 바라보고 앉아쉬다가 노자의 도경에서 나오는 '상선약수(上善若水)' 사자성어가 불현듯 떠올랐다. 물의 선(善)함이다. 우리도 물 같이 사는 것이 좋겠다는 생각이 스쳐서이다. 즉 '물은 낮은 곳을 향하고 더러운 것은씻어주며 막히면 다투지 않고 쉬었다 돌아간다.'라는 등 생각이다.

어쩜 거기에 접해있는지도 모른다. 회원들은 여행 중에도 솔선수범, 형이 먼저 아우 먼저 배려하며, 어려운 것은 내가 먼저였다. 그 겸손한 자세들이 남남끼리 엮여 두 번 꺾인 세월을 무탈하게여기까지 왔으니 선산 약수 흉내 내며 사는 것이 아닌가 생각됐다.

우리 모임은 60대에서 80대로 틀림없는 시니어가 맞다. 100세시대에 건강을 유지하여 지금처럼 서로 존중하고 품위를 유지하며그간 쌓은 돈독한 정이 오래 이어 가면 좋겠다.

필자에겐 여러 모임이 있지만, 배사모 시니어의 원조는 이 십여 년 전 정년퇴임 당시 동료들과의 석별이 아쉬워 남은 정으로 맺은 퇴임 기념 '배구 사랑 모임'이기에 더욱 애정이 간다.

누구는 '늙은이들이 배구가 뭐야?' 비웃기도 했지만, 배구를 매체로 끈끈하게 다진 친목이 이토록 오랫동안 든든한 버팀목이 될 줄 생각 못 하고 한 말일 것이다.

이달도 첫째 화요일은 어김없이 '배사모 시니어'에게 손짓한다.

— 2023. 7.

다리문 배사모 영구 결번

환상의 드라이브 코스

───── 운전을 즐기는 드라이버들이 붙인 곳곳에 흩어져 있는 이름이 있다. 여기서는 '북한강 동쪽 강변 환상이 붙은 드라이브 코스!'의 이야기다. 무엇이 환상인지 콕 찍어 한마디로 말하기는 어렵고 복합적으로 어우러진 환경을 배경으로 두루뭉술한 표현일 것으로 짐작된다.

마침 필자가 30여 년 전 근무한 학교는 이 길 중간지점 산언저리 바위 아래 제비집처럼 자리 잡고 있어 불가피하게 이 길로 출퇴근해야 가족의 생활도 이어지는 절체절명의 길이었다.

교장 승진 발령장을 받고 뒤돌아서려는 필자에게 인사 담당 장학관이 던지는 말 한마디 "환상의 드라이브 코스로 출퇴근하겠네요." 축하인지 동정인지 듣기에 헷갈리는 말을 내뱉고 스쳐 간다. 그러나 희망을 품고 초임 교장 임지를 명 받은 자에게 자랑거리가 마땅찮아 항간에 떠도는 환상의 드라이브 코스라도 내세워 실망을 덜어주기 위한 위로의 말로 받아들이고 싶었다.

초등학교 첫 교장으로 승진되어 가는 곳 이야기다. 정작 승진에 보탬이 되는 교사 교감 때는 순위가 밀려 근무해 보지 못한 '법정 벽지학교'에 뒤늦게 승진 영전과는 무관한 교장 첫 발령으로 맛보게 되었으니, 뒷맛이 씁쓰름하고 한참 밀려 사는 야릇한 기분이다. '교감으로 재직하고 있던 곳 근처에 그대로 발령되면 환경에 익숙해져서 좋으련만.' 했던 바람은 망상이었고 신출내기 교장은 가라면 가는 곳, 연고라고는 전연 생소한 한적한 곳이었다.

이 길은 수도권 양평군 양수리(두물머리)에서 북한강을 거슬러 올라 신청평대교로 향하는 벚나무와 수양버들이 가로수로 섞여 너울대는 391 지방도로를 말한다.

반대편에는 남양주시 능 내(다산공원)를 거쳐 가평 MT의 천국 청평 대성리로 가는 46번 국도와 강변으로 나란히 마주 보며 쌍벽을 이루는 길이다.

이곳은 북한강으로 하늘에서 내려다본 사진도 남한강물보다 더 맑아 에메랄드색으로 완연하게 갈라져 보이며 수온도 차이가 있다.

지방 391번 도로는 강물 따라 굽이굽이 산모롱이와 골짜기를 수없이 곡예 하듯 끼고 달려가기 때문에 여유 있는 드라이버에게는 스릴 만끽으로 환상을 느낄 만하다.

저녁노을 펼쳐질 무렵 가로수 사이사이로 보이는 수상스키, 요트, 보트, 윈드서핑의 물보라와 나룻배의 유유자적함이 어우러짐은 환상의 드라이브 코스에 보탬이 되는 석양에 북한강 강변 진풍경이다.

계절 따라 산색 물색은 자연스럽게 변해 보이니 자연을 사랑하는 행락객들의 취향에는 딱 맞는 환경이다. 청평 거쳐 춘천을 내왕하는 나들이객들도 이 길의 매력에 푹 빠져 주말이면 꼬리를 물고 하염없이 드라이브하는 것을 누가 탓하랴!

최근에는 서울 양양 간 60번 고속도로마저 서종 나들목으로 이 길을 파고들어 통행 차량이 급증하고 있다. 버스나 짐차는 드물고 오직 승용차 승합차가 대세다. 주말이 되면 서울에서 용케 알아차리고 공기 좋고 맑은 산수에서 호젓하게 즐기려고 가족이나 친구끼리 떼로 몰려와 학교 주변 북한강지류 수입천에 발 디딜 틈이 없이 붐벼 힐링 명소로 떴다. 필자는 이곳에서 법정기간 교장 8년 학교 행정 첫발을 내디뎠다.

전교 학생 수는 고작 백 명도 다 차지 않았다. 교사 시절 76명을 품어 졸업시킨 기억이 떠오르면 너무나 하찮다. 경치 좋고 인심좋다 보니 어린이들의 심성도 저절로 순박했다. 선생님들은 벽지 근무 가산점으로 승진을 노리는 중견 교사들이다.

알뜰한 환경에서 학생, 교사, 학부모 3위 일체가 되는 지역사회에 밀착된 교육을 실천해 보았다. 가을 운동회는 3개 마을별로 학교 주변에 가마솥을 걸고 점심 곰국을 끓여댔다. 남녀노소가 한타령으로 달리고 뛰고 먹고 즐겼던 것은 지역축제로 단합의 불쏘시개 운동회가 되어 오래 기억에 남는다.

이곳에서 2년 반 근무하면서 이룬 교육 성과들이 헛되지 않았던지 언론에 보도되자 교육청으로부터 각종 평가받고 전 직원이 상부 기관의 상장과 표창장을 돌려받는 쾌거도 초임 교장 학교 경영 솜씨로 보람이 아닐 수 없다.

발령장을 손에 쥐었을 때 환상의 드라이브 코스 곁에 보잘것없는 벽지학교라고 찝찝했던 마음은 쉽게 사라지고 그리움만 남아오래 잊을 수 없는 교장 초임지가 되었다. 이런 경우를 보고 '뚝배기보다 장맛!' 또는 전화위복, 이라고 하는지도 모르겠다.

최근에는 아내가 세상을 떠나자, 묘지를 놓고 자녀들과 논의 중

'살아 진천 죽어 용인'이라는 풍수사의 말이 떠올라 용인공원묘지도 둘러보았다. 물론 고향 선산(先山)에 치표(置標)도 해두었다. 자식들은 성묘는 자손이 하는 것인데 생활근거지 근처 가까운 곳이 좋겠다고 마음을 모은다. 교통이 좋아 다니기 편리하고 필자 부부가 생전에 근무지 인연으로 들락거렸던 환상의 드라이브 코스 길머리 갑산 추모 공원묘지를 선정한 곳이다. 이곳 환상의 드라이브 코스 출퇴근 길이 뒷날 자녀들의 성묫길이 될 줄 낸들 어찌 알았으랴!

우묵한 소쿠리 속 같은 곳, 길지(吉地)라고 갑산 추모 공원 지기는 침이 마르게 강조한다.

– 2023. 7.

교권은 교육의 바로미터

_____ '교사가 교단에서 쓰러지는 것을(순직) 명예롭게 생각한 때'가 있었다.

오직 학생 학부모 그리고 사회의 존경을 받는다고 느꼈을 때다. 희미하게나마 군사부일체(君師父一体)라는 말이 아직 삶의 밑바닥에 깜박거리고 있을 즈음이며 "선생님의 그림자도 밟지 않는다."라는 교사의 위상이 흐릿하게나마 흐를 때다.

요즘 교단이 매우 힘들어져 떠나려는 교원이 많아졌다. 그들에게 업무는 제쳐놓고 학생과 학부모의 무분별한 폭력, 막무가내식 폭언, 학부모의 악성 민원 등에 시달려서 심리적 위축으로 자괴감에 빠져 헤어나기 어려운 것이 첫째 원인이다.

한때는 평생직장이라고 정년퇴임을 선호했던 교직이 아니었던가! 균형 잡힌 인권이 아니라 기울어진 운동장 인권으로 비정상적인 변화가 일기 시작하면서부터 판이 흐트러진다. 인권을 너무 강조하다가 아동 인권은 지나치게 보호되고 반대로 교권은 추락한 수준이다.

교직은 본래 힘이 없고 가난한 자리여서 시류에 바람도 잔잔해 호젓한 자리였다. 교원은 정치에서 정당 가입도 못 하고 중립을 지키며 보통 사람으로 올곧은 삶을 살아가는 처지다. 학교는 오직 사랑으로 학생들을 가르치고 자유와 정의를 목표로 차별 없이 성심껏 지도하여 지덕체를 함양한 인격체의 기초를 잡아주는 것을 사명으로 알고 교육하는 곳이다.

봉건·서당 문화 시대는 훈장의 자리가 절대적이었다. 봉건, 독재, 군사 문화 시절에는 구태를 다 벗지 못하고 '사랑의 매'란 이름으로 피교육자는 무턱대고 맞아주는 것이 예의로 알고 무저항으로 매 맞으며 공부했다. 필자는 그 시대에서 배우고 가르치는 갑과 을의 처지를 두루 거쳐온 산 증인이 됐다. 그렇다고 그 시절 그리워서 하는 것은 절대 아니다.

민주화가 활짝 열리면서 인권이 강조되어 '사랑의 매' 교사의 폭력은 부끄러운 듯 자취를 감췄다. 가정에서나 교실에 매가 동시에 없어지고 인권이 존중되는 동시에 흡연권자의 권리라 주장하던 실내에서 교사의 흡연도 꼬리를 내렸었다. 인류 문화의 발전사다.

77년부터 지방에서 강남 8학군 비슷한 곳에서 6년간 근무한 경력이 있다.

좀 복잡한 학부모 민원은 학교장이 도맡아 해결하고, 자잘한 학생에 대한 교실 안의 원성은 교사가 겸손한 자세로 상담에 임하여 소통으로 문제를 풀어가곤 했다. 상호 존중과 신뢰하는 분위기가 형성되니 한 발씩 양보하며 매듭을 풀어 교권과 학생의 인권도 조화를 이뤄 정상적인 학교 교육이 이루어져 교육부 상설 연구학교의 책무를 무리 없이 다 한 바 있었다.

그러나 정치의 민주화, 산업의 다양화 학부모 교육 수준의 향상, 인터넷 발달, 휴대 전화 공급의 일반화 아동 보호법 등 환경이 급변하면서 아동 인권 보호는 팽창되고 반면 교권은 밀려 나락으로 떨어지는 불균형이 나타나기 시작했다. 특히 일부 지자체에서 학생 인권 조례를 발포하면서 학생 인권은 안하무인격이 되면서 반대로 교권은 추락하는 길로 접어들었다. 학부모는 존경의 대상인 선생님을 모르쇠하고 폭행, 폭언 심지어는 죄인 취급하듯 경찰에 신고까지 한다. 교사가 사랑을 무기로 지도할 자세를 완전히 빼앗아 가는 것이다. 그렇다고 변변하게 교사를 챙겨주고 지원하는 법도 기관도 찾아볼 수 없으니 과연 그런 환경에서 진실한 교육은 커녕 교원 정년 단축을 스스로 챙기게 되었다.

학교에서 학생이 비위를 저질렀을 때 다가가 선도하기보다 '차라리 못 본 척하거나 피하는 것이' 뒤탈이 없다며 그냥 지나친다고 하니 학교 교육이 제대로 되겠는가! 학교에서는 선생님의 지도로 모르는 것을 깨우치고 어긋난 상식을 바로잡으며 공정하고 자유스러운 분위기에서 질서 있게 공동생활을 익혀나가는 곳이다.

나만이 아니고 우리로 협동하며 바르게 인성을 키워나가는 곳이기도 하다. 그런데 하나밖에 없는 '금쪽같은 내 새끼' 시대가 되면서 학습은 학원에 맡기고 생활 습관은 부모의 품에서 편협한 습관이 태동하면서 학교 교육은 무시되고 교단은 망가져 가고 있다. 교사가 학생을 타이르거나 반성문을 쓰게 하면 아동학대로 신고 당하지만, 학생이 교사를 폭행하면 조용히 넘어가자고 하는 어처구니없는 분위기라고 한다.

당국과 사회에서는 학생 인권과 학부모 요구사항만 중시하고 교권은 챙겨주지 않아 교사들은 교육 현장에서 마음이 병들어 갔다. 교권 없이는 바른 교육은 어불성설이다. 교권은 교육의 바로미

터다.

최근 서울 서이초등학교에서 교사의 극단적인 사건에 교사의 볼멘소리가 전국에서 터져 나와 학교 내외가 어수선하다.

근래에 졸업한 사제간 소통은 끈끈해 보이지 않는다. 스승을 찾는 제자도 많지 않지만, 교사에게 선뜻 떠오르는 제자도 전과 같지 않은 것 같다. 교육에서 생명줄 같은 사랑이 메말라졌다는 방증이기도 하다.

필자에게 은사라고 아직도 안부 묻고 찾아오는 60~70대 제자들에게는 반갑기 그지없지만, 한 사람이라도 부지불식간 교사의 체벌과 폭언에 지금까지도 풀리지 않은 멍울이 있다면, 경우야 어쨌든 교사로서 미안한 생각이 들 뿐이다.

- 2023. 8.

※ 410회(정기국회) 제7차 본회의(2023. 9. 21.)

교권 보호 4법 국회 통과(교원지위법 개정안, 초·중등교육법 개정안, 유아교육법 개정안. 교육기본법 개정안)로 교원의 정당한 생활지도를 아동학대 행위로 보지 않도록 하는 내용과 보호자가 교직원의 인권을 침해하는 행위를 금지하고 학교 민원은 교장이 책임진다는 내용이므로 교권이 확립되어 바른 교육이 이루어지길 차제에 기대한다.

심장박동기

───── "병원 입원 치료 중. 너무 걱정하지 말게나. 주말 퇴원 예정. 면회, 전화 통화 금지라네!"

월요일 아침 6시 43분 느닷없이 카톡 신호가 안고 온 아리송한 메시지다. 새벽 출근자들이나 설레발 치는 시각에 G에 겐 분명히 무슨 변고가 있는 것 같은데 메시지 내용만으로는 가늠하기 어려웠다.

혹시 '짧은 메시지로 날 놀라게 하려는 건지! 아니면 요즘에는 7월 만우절도 생긴 것인지!' 야릇한 생각이 얼핏 스치기도 했다.'

최소한 무엇 때문에, 언제, 어디 병원에라도 적혀있어야 대충 짐작을 하고 대응하게 되는데 너무 휑했다. 평소 G답지 않은 행동이니 더욱 궁금했다. 새벽 6시에 발송한 메시지 자체가 간밤의 사고로 짐작이 되었다. 나는 망설이다가 '통화 금지라고 했는데도' 핸드폰을 열었다. "G! 어허~. 무슨 변이야! 간밤에 무슨 일 있었어? 요즘 병원에 입원까지 할 낌새는 전연 보이지 않았었는데 갑자기… 하긴 80 넘은 영감들 병원 들락거리는 것 보통이지 뭐! 의사 말 잘 들고 쾌차하여 예약대로 주말 퇴원하길 기원하네!" 하고 덤덤하게 답했다. 며칠 전 점심을 같이하면서 "요즘 컨디션 어때?" 묻는 말에 "그런대로 뒷동산에도 가끔 오르고 하루에 한두 시간 탁구 한다." 라고 흔연하게 대답하여 건강에는 별문제가 없는 것으로 생각했다. 그런 친구가 며칠 사이 뜬금없이 짧은 메시지를 날렸으니 우리 나이에, 어디에서나 흔한 '낙상'이나 했나? 짐작했다.

오전을 지내려니 궁금하기 짝이 없었다. 그의 가족 전화번호가 핸드폰에 들어 있을 턱이 없었다. 다만 내가 알고 있는 그의 사돈이 떠올랐으나 전화해 보기가 망설여졌다. '사돈도 모르고 있는 사실을 내가 불쑥 주제넘은 행동일지 싶어서였다.' 핸드폰을 열어 만지작거리다가 그냥 덮으며, '대체 전화번호가 이럴 때 필요하겠구나!' 하고 스치는 순간이다. 믿는 구석은 천상 "주말에 퇴원한다." 라는 말에 무게중심이 쏠린다.

오후에 '우이령' 친구 물 건너 C 전화다. 필자와 같은 내용의 메시지를 받고 역시 궁금해하다가 '혹 다른 소식을 더 알고 있는가?' 싶어서 전화했단다. 내게도 더는 정보가 없어 둘은 침울한 기분으로 주말 퇴원하기만 기다려 보자며 휴대폰을 접었다.

주말에 퇴원한다는 기억에 오후에 전화해 봐야겠다고 기다리고 있었다. 점심을 먹고 있는데 벨이 울려 누굴까 싶어 밥을 입에 물고 성급하게 받아보았다. G였다. 예상외로 목소리가 맑고 가벼워 영 환자의 목소리 같지 않았다. "일주일 입원하고 어제 금요일 오후 퇴원했다."라고 하는데 입원했었던 환자 같지 않게 음성이 또렷하고 부드러웠다. 우선 안심되었다.

무슨 일이 어떻게 있었는가를 물어보기도 전에 메시지 내용을 허술하게 썼음을 기억했던지 스스로 술술 토해 낸다. "입원 전날부터 숨이 차고 머리가 무거운 듯 통증이 자주 오더니 어지럽기도 했다. 구역질도 나더니 비실비실 주저앉고 말았다. 상태가 점점 심해지는 것 같아 평소 다니던 병원을 찾아 몇 가지 검사를 했다." 의사는 진료서를 주면서 종합병원으로 급하게 밀어냈다. "영양주사라도 맞고 갔으면 좋겠다."라고 했건만 들은 척 만 척한다. 의사 표정에서 심각성을 감지하고 가까운 S대 병원과 Y대 병원을 차례로 찾았지만, 순번은 멀어 강북 S 병원에 밀고 들어가 가까스로 입원했다. 진찰 결과 "심장 시술을 해야 한다."라고 한다. 심장을 시술? 내 심장을 건드리다니! 앞이 캄캄한 절벽이었다. 그러면서 "쓴 메시지가 나의 마지막 문자가 되는지도 모르는 절박한 심정에서 보낸 메시지라고." 실토한다.

부분마취를 하고 심장에 테니스공만 한 것을 넣었다는 우직한 표현은 아마 심부정맥에 심장박동기를 삽입한 것 같았다.

퇴원하고 며칠 뒤 어떤 상황인가 전화했다. "맥박 20이 70 정상으로 올라갔고, 머리가 가벼워졌으며, 통증 어지럼증 등 전에 괴로움을 줬던 증상이 말끔하게 사라져 살 것 같다."라고 말끔하게 한마디로 줄인다. 참 다행이었다.

우리는 가끔 컨디션이 안 좋을 땐 이렇게 구시렁댔다. '선친들에 비하면 우린 덤으로 사는 거야!' 하면서 여한이 없는 것처럼 이야기했었다. 그러나 막상 심장 시술실에 들어갈 때는 절박감에서 메시지를 보냈다고 한다. 생명에 대한 애착은 막다른 골목에서 본색이 나오는가 보다. 시술 후 심적으로 최상 컨디션이 돌아온 것 같다니 다행이다. "어느 축구 선수는 심장박동기를 달고 축구도 한다는데. 백세 보장 표 달았네!" 하고 위로하는 말에 미소를 짓는다.

누구나 생명에 애착을 갖는 것은 당연하다. 어쨌든 깜짝 놀라게 입원했던 그가 완치된 것처럼 퇴원하고 가벼운 마음으로 안정을 찾은 것이 다행이었다. 본인은 시술 아닌 수술 같다며 우기는 것이 많이 놀랐는가 보다. 치료 결과가 좋았으니, 시술이면 어쩌고 수술이면 어쩌랴!

- 2023. 8.

고덕성(高德星) 하나 유성 됐네!

——— '인명은 재천'이라더니 참 그런가 보다.

역시나 가늠하기 어려운 것이 운명이로다. 지난달 둘째 화요일에 만나 막걸리 한잔 마시며 환담했던 친구가 발병 24시간도 채 안 되어 유명을 달리했으니 말이다.

사범학교 동창 63년 지기 84세 친구 K 이야기다. 어젠 동기생 일곱 명이 2진으로 조문을 하는 마당에 '하루 만에 세상이 바뀌었다는 아버지 잃은 상주의 하소연이' 너무 허무하다는 말만 되씹고 말았다. 그는 평소 건강했던 모습에 비해 갑자기 세상을 떴으니 어처구니없는 표정들이다. 평소 심장에 다소 이상이 있는 징조는 알고 있었던 것 같은데 상황이 이렇게 급성으로 악화할 줄은 몰랐다. 엎친 데 덮친 격으로 거기에 코로나 괴질이 덮쳐 심장 수술하고도 견디지 못한 것 같았다. 동기생 중 먼저 간 친구들은 대부분 병고에 수개월 또는 수년씩 시달리다 떠나기에 이처럼 황당한 생각은 덜 했었다.

필자가 서울로 옮겨왔을 때 당시 법률 사무소 사무장으로 있던 친구로 집 등기 업무를 처리해 주면서 관계가 돈독해졌다. 자상하면서도 융통성이 있는 친구였다. 정년퇴직하고 백수로 지내던 동기생을 이화회, 매화회 등의 이름을 바꾸어 가며 끌어모아, 봉사에 앞장서서 베풀며 이끌었던 덕장이었다.

아차산, 서울 대공원, 임진각, 오이도, 소래포구, 홍천 등지를 열대여섯 명을 떼로 몰고 다니면서 웃음판 이끌던 고덕성 하나가 별안간 유성이 되고 말았다.

어제 조문에서는 친구 권유로 필자는 조사를 또 하게 되었다. 동기 조사만 어언 세 번째가 되다 보니 눈물도 이제 그러려 하고 참아주는 것 같았다.

조사(弔辭)

오! 김○○ 선생!
기어코 호남들 동진강 건너 선영 슬하로 회귀하시는구려!
자상함이 서린 불도저 돌진형
도와주기 천성과 소탈함이 마력이었던가!
육삼 년 묵은 친구 앞가림 도맡아.
거듭된 고덕회 회장 앞에 왕(王)자가 붙었어라.
움직일 때는 차 끌어대며 유니폼을 입혀주고
기념일엔 먹거리 잡부로 식당 마련에 타올 목에 걸어줬어라.
남다른 꽃 사랑에
옥상정원 만들고 싶어 노년에 복층으로 이사하고
석양에 옥상 미니정원에서 반바지 차림 안경 너머로

삼국지 읽던 모습 선하구나!

두물머리 주말농장, 채소 가꿔 뜯어가라 내맡기더니

주인 잃은 상추, 깻잎, 가지, 오이 어쩌고 떠나는가!

친구 피해 안 주겠다고 전주집 모퉁이 숨어 품어내던 담배 연기,

피해줘도 좋으니, 옆에 와서 기대고 피우려무나!

또 소래포구 횟집에선 한잔 걸치며 허튼소리는 언제 들어볼거나!

방광암도 덕장을 알아보고 일찌감치 물러섰는데.

아! 애달프다! 그런 그가 갑자기 우리 곁을 떠나다니~.

지난달 이화회 날, 두 번째 잔 손사래가 예고편이었던가!

손자 논문 입상, 침 마르게 늘어놓더니 마지막 홍보 마당 될 줄

뉜들 알았으랴!

수도권 우리 사범 12회,

우정의 마당 깔아주고 버팀목이 된 그의 자취.

헛되지 않게 이어받아

뒤따라가는 날까지 돈독한 우정 이어가리라.

어려운 친구 걱정 내려놓고 선영 유택에서 고이 잠드소서!

잘 가시게!

그리고 편히 쉬시게!

삼가 故 김○○ 선생 영전에서 명복을 빌며!

2023. 8. 7.

○○ 사범학교 본과 12회, 추강

새만금 세계 잼버리

　　　　———"네 꿈을 펼쳐라!" 새만금 세계 잼버리대회
구호다. 이에 악조건이면 포긴 하지 말고 '절반이라도 펼쳐라.'라고
주문하고 싶은 절박한 심정이었다.

　폭우, 폭염, 태풍 6호 카눈, 삼박자에 조직위의 엉성한 기획, 미
완의 준비, 운영마저도 부실하여 육박자의 발맞춤에 어쩔 수 없어
중도에 새만금 잼버리장에서 철수하는 대원들에게 한결같이 외치
고 싶은 말이다.

　1991부터 19년에 걸쳐 33.9km의 국토 지리를 새로 만든 새만
금 방조제를 완성하여 서울 면적의 2/3에 해당하는 새만금 간척
지가 형성됐다. 지도가 바뀐 단군 이래 최대 간척사업을 해 놓고
무슨 일이 벌어질까 기다려 봤으나 기대만큼 감탄할 만한 용도는
쉽게 들을 수 없었다. 그러던 중 12년 만에 제25회 세계 잼버리
대회가 새만금에서 개최된다기에 모처럼 고향에서 펼쳐지는 세계
적인 청소년 잔치를 기대하지 않을 수 없었다.

　그러나 기대와는 반대로 시작하는 날부터 한숨이 터져 나와 퍽

안타까웠다. 1991년 제17회 강원도 고성 잼버리대회 이후 32년 만에 우리 국토에서 열리는 청소년 스카우트 잔치가 한층 더 발전된 모습으로 이루어져야 당연한데 말이다.

우리나라에서는 제3공화국 군부 및 유신 정부 시절에 스카우트의 저변 확대로 각급 학교에서 붐이 조성되어 필자도 현직에서 스카우트 소정의 지도자 기본 교육을 받고 보이스카우트 대장으로 5년간 활동한 바 있었다.

정부는 국가안보 차원에서 청소년 스카우트 활동을 적극적으로 권장하고 후원하였으며, 필자도 전주 근처 구이 저수지에서 손수 텐트를 치고 취사하며 3박 4일 스카우트 야영 훈련에 참여했던 경험이 떠오른다. 스카우트 총재도 저명한 인사나 힘 있는 정치 지도자로 바꿔가며 힘을 실어줬다.

본래 스카우트 정신은 '청소년들이 국가, 인종, 종교, 언어 계층을 초월하여 형제애로 뭉쳐 범세계적으로 펼치는 운동으로 대자연 속에서 단체생활을 통해 스스로 자기 잠재력을 개발하여 호연지기를 기르는 활동'이다. 그 정신은 규율이 생명이다. 믿음, 충효, 협동, 우애, 예의, 친절, 근검, 용감 등 기본을 준수하여 순종, 자력, 봉사, 일일 일선 등의 생활화로 올바른 가치관을 갖춘 청소년들로 성장시켜 사회가 요구하는 인재를 양성하는 데 목적이 있다.

새만금 세계 잼버리 대회는 2023년 8월 1일부터 12일까지 158개국 43,255명의 대원이 참가하게 되었다. 그러나 안타깝게도 조직위의 무능과 무책임에 첫날부터 대원들의 불만이 터져 나왔다. 배수가 제대로 안 돼 물구덩이에서 모기 등 벌레한테 물리고. 나무 그늘 하나 없는 33도 불볕더위로 하루에 온열 질환자가 수백 명씩 쏟아져 나왔다. 부실한 샤워 시설, 위생 처리가 미흡한 화장실, 썩은 달걀 식품 등 악재가 솟구쳐 실망스러운 뉴스가 갑자기 세계의 전파를 탔다.

대집단인 영국 미국 싱가포르는 곧바로 숙영지를 철수 서울 평택 등으로 옮기자, 조직위와 정부 당국은 당황하여 국무총리 주재로 부랴부랴 뒷북치며 긴급 대책을 수립했다. 뒤이어 36,000명의 대원이 일천 대의 버스로 서울과 수도권으로 분산 이동하는 장사진의 진풍경이 보도됐다. (신문 보도)

조직위와 정부 당국에서는 예보된 태풍 카눈의 위력과 현재 야영장 상태에서 대원들의 건강과 안전을 지켜 최소한 인명 피해는 없어야겠다는 절박감에서 안전 쪽으로 방향을 바꾼 것 같았다.

한편 폭우 폭염과 태풍 때문에 대원들이 대피했지만, 역경을 극복한다는 스카우트 정신을 살리지 못한 나약한 점을 들어낸 것은 몹시 아쉬웠다. 스카우트는 모든 일에 "대비하라. 준비하라."가 강령이다. 도전적 상황에 맞닥뜨린 아이들이 야영하며 위기를 극복하고 적응하여 생존해야 하는 것이 스카우트의 정신인데 도피하는 것 같아 마음에 걸렸다.

스카우트 잼버리의 주된 행사는 아닐지언정 궁여지책으로 다양한 한국문화관광 프로그램으로 미술관 투어, 사찰 체험, 사물놀이 및 전통 문화 체험, 그 외 우리 문화 유산 체험으로 고궁, 역사 유적지 찾기 등 '봉은 놓치고 닭'이라도 대체됐음이 다행이다.

국제적으로 망신살이 낀 새만금 잼버리 대회는 아쉽지만, 차선책으로 방향을 선회하여 매듭을 짓게 되었다. 마무리를 정부 기업 종교계 시민들이 힘을 합쳐 일사불란하게 초반 파행을 딛고 서울 상암 월드컵경기장에서 K팝 콘서트로 성공적인 마무리를 한 것이 그나마 다행이다.

K팝 콘서트는 뉴진스, 아이브 NCT 드림 등 걸출한 한류스타 19팀 공연에 스카우트 대원들은 열광했으며 BTS 사진 카드를 선물 받아 함박웃음을 자아냈다. 한류 세계적인 스타 BTS가 직접 출연했으면 금상첨화가 됐으련만, 현역 군 복무로 여건이 따라 주지 못했다.

　이번 행사에 문제점도 많았지만, 차선책으로 매 순간 즐기고 화합과 긍정적인 도전을 부분적으로나마 할 수 있도록 배려한 것은 그나마 다행이었다. 4만 3천 대원이 안고 온 '꿈을 절반만이라도 이뤘다.'라고 회고했으면 나라 망신은 덜 할 것이다.

- 2023. 8.

흔적을 남기고

_____ "말이 새끼를 낳거든 들판으로 보내고, 사람이 아이를 낳거든 글방 문으로 보내라."라는 속담이 있다. 또 영국·미국에서는 "태어난 곳 아니라 자라난 곳(Not where one is bred but where he is fed.)."이라는 비슷한 말도 자주 쓴다.

두 속담은 동서고금(東西古今)을 막론하고 모두 환경의 중요성을 강조하는 말인데 맹모삼천지교(孟母三遷之敎)도 걸맞은 교훈이다.

필자는 학(鶴) 마을(全州敎育大学校)과 적지 않게 16년간 직·간접으로 인연을 맺고 지내왔다. 일찍이 학마을은 일제강점기부터 초등교원 양성의 메카로 세상에 알려진 곳이다. 어느 학원과 16년이란 인연은 교수나 영구직 직원이 아닌 이상 그리 흔한 일이 아니다. 이렇게 긴 인연을 맺어왔던 우리 학원이 개교 100주년이 되었다니 감개무량하여 주위에 자랑하고 싶다.

필자가 태어난 곳은 두메골이었는데 초등 시절 6·25 사변이 터지자, 설상가상으로 학교마저 전소됐다. 후유증으로 몇 해를 쉬면서 갈팡질팡하다가 요행이 운칠기삼으로 사범 병설 중학교 특차 모집에 행운을 차지했다. 이것이 필자가 배움의 보금자리 학마을과 인연이 시작되어 청소년을 몽땅 거기서 보내게 된 실마리다. 달리 말하면 훈장이 되라는 신의 가호까지 받은 곳이다.

갑작스럽게 학령 인구의 급증으로 학교 학생 모집 인원의 증가, 학급수도 덩달아 늘어나 교실 태부족으로 만만한 병설 중학교는 군사 훈련실, 영농 실습실, 도서 대여실, 식당 등을 개보수하여 임시 교실로 사용하고 있었으니 6·25전쟁 후 열악한 환경에 발맞추어 어렵게 학습해야 했다.

우리 중학교는 이름 그대로 사범학교에 예속된 병설 중학교였다. 한 울타리로 교문, 교장도 한 분, 교실도 붙어있다. 운동장, 강당 특별 교실, 음악실도 공용이고 기숙사에서는 본과생과 합숙으로 암묵적 심부름꾼이 되었다.

본과 남녀 배구, 남자 탁구, 남자 축구가 어찌 그렇게 잘도 했었는지! 당시 도내 강팀으로 자주 출전할 땐 단축 수업에 본과생은 벌써 예비 선생이라 응원도 얌전하고, 겁 없는 병설 중학생이 앞장서 못 말리는 응원으로 상대를 압도했었다.

중학 3학년이 되어도 선배 노릇 한번 제대로 못 해 보고 졸업하여 사범학교 본과에 높은 경쟁 뚫고 1학년으로 진학했다.

사범 본과에서 근대 교육의 효시를 자처하는 교육 철학자 페스트로지, 헤르바르트, 코메니우스, 존 듀이 브루너의 발견학습까지 교육 사상과 교육 철학을 섭렵하여 교사가 지녀야 할 최소한의 자질과 꿈을 가꾸며 소양을 축적했다. 이렇게 6년을 동일 캠퍼스에서 학습하고 일선 교사로 근무하던 중 초등교원 학력 보강 차원의 정책에 따라 한국 방송통신대학교 4년 과정을 계절 협력 학교에 출석 수업했었던 곳이기도 하다.

어디 그뿐이랴! 필자는 이웃 교육대학 부속 초등학교에서 6년을 교사로 근무할 때 본교(부속) 교실 수리로 본 대학교 강의실을 빌려 한때 수업한 경력이 있어 필자는 16년의 직·간접 인연을 갖게 된 모교다. 이렇게 뗄 수 없는 학원이 개교 100주년을 맞게 되었는데 수도권에서 생활하다 보니까 최근에는 모교의 소식도 깜깜하게 잊고 살았다.

어느 날, 개교 100주년 행사 추진 협력 위원한테 소식이 왔다. 왜 "이런 역사적 행사에 협조하지 않느냐?" 핀잔하듯 뒤늦은 원고 청탁을 받았다. 부리나케 작성하여 가까스로 송고했더니 마침 편집되어 제본됐다. 그러나 '100년사' 제한출판으로 받아보기조차 어려웠는데 마침 한 다리 건너 귀인으로부터 가까스로 받아 소지할 수가 있었다.

100년사를 들춰보니 우수 집단의 학원임을 입증이라도 하듯 졸업하고 본연의 교육 현장을 떠나 국가와 사회 각 분야에서 혁혁한 공을 세운 선후배들이 즐비했다.

우수해서 발을 들여놨다가 기회가 생겨 자기의 이상과 특기로 다른 길에서 봉사하며 보람을 찾은 동문들이다. 그러나 대부분 동문은 맡은바 2세 초등보통교육에 헌신한 묵묵한 교육자들이다. 우리가 민주화, 산업화, IT, 10대 경제 강국 등으로 우뚝 선 것은 오로지 우리가 허리띠 졸라매며 동량지재로 가꿔온 교육의 힘이 아니었는가 생각하며 스스로 자위해 본다.

필자는 20세에 교직에 발을 디뎌 62세까지 반평생을 초등교육 한길을 걸었다.

오직 학마을 배움의 보금자리에서 갈고, 닦은 지식으로 수천 명의 제자를 배출하고 '은사(恩師)'라는 이름도 얻었다. 품을 거쳐 간

제자 중 사회에 우뚝 선 저명한 인사도 수두룩하다. 박사 교수, 의사. 공무원, 기업인, 영농인 군인 등 다양한 일터에서 자기와 가족을 위해, 나아가 사회와 국가를 위해 역군으로 봉사하고 있음이 보람이다.

필자가 학마을을 찾은 것은 일생의 행운이었다고 몇 번이고 되뇌었다. 오랜 역사와 빛나는 전통을 자랑하는 명문 학원의 일원으로 배우고 익혀서 다듬었던 교육 철학을 한평생 2도 6개 시군 16개 초등학교를 누비며 배움에 목말라했던 학동에게 지식과 경험을 나누고 자양분이 됐던 자신이 자랑스러워서이다.

사범의 교가에 '호남의 웅도'는 우리들의 자존감을 내비쳤지만, 42년에 성스럽게 교직을 매듭짓고 학마을에서 익힌 필력으로 여러 선후배님과 같이 개교 100년사를 축하하며 흔적 하나 남긴 것이 대단히 기쁘고 영광스러웠다. 출품 작품은 「어느 선배의 품위」로 고덕산(교가) 정기 서린 선후배 우정이 깃든 예의와 품격의 미담이었다.

- 2023. 8.

2022년 전주교육대학교 정문

홍유릉 노송 향에 힐링!

　　　───── "○○일 오후 3시 홍유릉 입구에서 만납시다." '다리문(橋門)' 동아리 총무의 간결한 메시지다.

　역사적으로 홍릉은 조선 말기 고종 황제와 명성황후의 무덤이고, 유릉은 고종의 아들 순종과 두 황후의 무덤인데 최근 세계 문화유산 등재로 보호가 강화된 왕릉이다. 능은 각각 다르지만, 이웃하고 있기에 편의상 한마디로 홍유릉이라 부른다.

　주변에는 근세 인물로 의민황태자(영친왕)와 태자비(이방자), 황세손 이구(李玖)와 다른 쪽엔 의친왕, 고종의 딸 덕혜옹주 묘도 있어 왕릉 지역이다.

　여기에 발을 디뎌놓자 아스라이 34년 전 교직에서 2학년을 데리고 봄에 소풍 왔던 곳으로 기억이 난다. 수도권 오지에서 교감 자격증을 취득하고 승진 발령을 기다렸으나 기대난망으로 짜증이 나 '될 대로 돼라!' 이판사판이라며 우선 통근이라도 편케 하자며 관외 서울 시내버스 권 지역으로 가보자고 내신 했었다.

　그런데, 뜻밖에 홍유릉 소재, 통근 교사들 선호도가 높은 명문

교에 발령됐다. '웬 떡일까?' 범상치 않았다. 알고 보니 전교조 전신 이른바 교사 협의회가 활발하여 관리자와 갈등이 심한 곳으로 직원 분위기가 험악한 곳을 필자만 모르지 관 내 소문이 파다한 학교다. 뒤에 알고 보니 교무 담당이 전출하고 후임 희망자가 없으니 타 시군 전입자 중 연륜 있는 교사를 찾는데 교감 자격증까지 소지하고 있어 얼씨구 교무부장 적임자로 학교장 요구에 교육청이 짝짜꿍 쉽게 발령했던 것 같다.

2학년 교무 담당으로 홍유릉에서 전교생 봄 소풍을 마치고 귀교했다. 교감에게 귀교 보고를 하자 교감하는 말 "교무 주임은 오늘 소풍 다녀왔으니 술 한잔 사쇼." 그것도 퉁명스럽게 명령하듯 내뱉는다. 무슨 말인지 짐작이 되면서, '아! 그렇구나! 교사 협의회가 그냥 생긴 게 아니로구나!' 떠올랐다. 관리자의 사고와 행위가 구태를 벗지 못하고 있으니 자초하는 일이라고 생각이 들면서 말이다.

퇴근길에 교감 명에 따라 순댓국집에서 교장·교감과 술 한잔하면서 뎲은맛 이야기를 쏟아냈지만, '마이동풍(馬耳東風)' 시큰둥하였다. '더는 모르겠다.' 싶어 잠자코 있다가 부임 6개월 만에 승진해서 본교를 떠난 생각이 스쳐 지나갔다.

서울 근교 여러 왕릉 중 서울에서 가깝고 교통이 편리하여 마음만 먹으면 찾기 쉬운 홍유릉이다. 그러나 필자는 게으른 병이 도졌나 오래 잊고 있어 홍유릉에 송구했다. 우리 동아리 시작한 지 24년이 지나간다. 생활 근거지는 모두 서울이지만 구리 남양주에서 장기간 근무하고 퇴직까지 했기 때문에 생활근거지나 별반 다름없다. 회원들 나이는 50대 후반부터 80대 중반까지이다. 각자 특기와 남다른 취미를 갖고 있어 만나면 재미있는 근황이 자연스럽게 펼쳐진다. 건강, 자녀, 취미, 여가 활동 등 나름대로 건강하여 즐겁게 생활하고 있음을 자연스럽게 내비친다.

필자는 좌장으로 회원들의 인격과 그의 의견을 항시 존중했다. 동아리는 자기의 취미와 필요에 따라 만나게 되는데 별 의미가 없다면 쉽게 발길을 끊게 되는 것이 상례다. 이들은 도량 있는 사람들로 눈에 띈 손익은 보이지 않지만, 간접으로 각자에게 숨어드는 영향과 소득은 알 길 없다. 그래서 나는 음양으로 의의 있는 모임으로 유지하려고 암암리에 노력했다. 나이의 고하를 묻지 않고 서로 존경하고 신뢰하는 데서 존재감을 인정하게 되면 끈끈한 정이 우러나오지 않나 싶어 이런 쪽에 관심을 두고 지켜보고 있었다.

A는 정년 하고 산림청에서 선정한 100대 명산을 일찍 점찍고, 나름대로 산악회에서 임의로 정한 100대 명산까지도 정복한 일명 산 사나이인데 건강을 뽐내며 측근을 동행자로 이끌며 살아간다. B는 주민센터 평생학습에 푹 빠져 우리말 고어(古語) 및 한자 사자성어 터득에 열성을 다하면서 측근들에게 한문 상식 정보를 전해 주는 것을 낙으로 생활하고 있다. C는 골프에 열 올려 생활하더니 요즈음은 건강 챙기기에 더 신경 쓰는 모습이었다. 퇴임 여교장 D는 학교에 출산 휴직 및 특별휴가로 기간제 교사가 부족한 상태에서 후배 교장들의 사정에 이끌려 보충 자원이 되고 있다. 모두 퇴직하고 남다르게 바삐 생활하는 모습이 대단해 보였다. 두 현직 교장은 서이초 교사 죽음으로 침해받는 교권 회복 과정에서 교사와 당국과 마찰에 중간에서 관리자로 어려움을 토로한다.

오늘 우산을 폈다 접었다 왕릉 둘레 왕소나무 사이를 한 시간가량 산책하며 노송 향기에 취했다. 소나무는 나무 중 으뜸으로 피톤치드가 많아 산림욕장에서 선호한다. 그간 코로나 역병으로 바깥나들이가 뜸했던 우리는 모처럼 솔향으로 폐장을 싹 씻어내는 기분을 맛봤다.

역시 자리가 자리인 만큼 조선 말 국사에서 빼놓을 수 없는 고종 황제 수난, 대원군의 섭정, 대원군과 명성황후의 정치적 갈등, 민비 시해 사건의 애증에 대하여 아는 대로 한마디씩 거드니 조선 후기의 멸망 역사로 펼쳐졌다.

쓰디쓴 한 말 역사를 되뇌며 우리의 안보 현실과 정치인의 이전투구(泥田鬪狗) 내로남불 형태도 도마 위에 올라 질타했다.

필자는 스스로 만날 때마다 나잇값을 해야 하겠다고 다짐해 본다. 겨우 1~3년 짧은 인연으로 24~25년을 한결같이 웃음으로 반가이 만나는 것은 이들만이 지닌 온유한 품성과 넓은 도량 때문일 것이다. 훌륭한 동료들이다.

– 2023. 8.

지평리 전투 기억하나요!

───── 지평리 전투는 6·25 전쟁, 1·4 후퇴 때 중공군과 연합군(미. 불)의 격전지로 중공군에 맞서 싸워 처음 이긴 곳이다. 지평리 전투에서 밀리면 중부 전선이 무너질 공산이 크기에 작전상 요충지인 것을 담당 지역 지휘관들은 다 알고 있었다. 전후 복구 후 한때는 경기도 양평에 들르면 예서제서 정리되지 않은 지평리 전투 야사를 심심치 않게 듣곤 했었다.

지금은 지평리 전투보다 수도권에 보급되는 애주가들의 '지평 막걸리'가 뜨고 경의 중앙선 전철이 문산에서 지평역까지 운행하고 있어 나들이객들에게 지평(砥平) 지명이 그쪽으로 많이 기울어져 있다. 옛날엔 지평군(砥平郡) 이었지만 1908년 양근군(楊根郡)과 병합하여 현 경기도 양평군(楊平郡)의 지평면이 되었다. 오늘은 모임에서 일행과 같이 이곳 지평 의병, 지평리 전투 기념관을 견학하게 됐다.

【지평리 전투 기념관】 양평군 지평면 지평로 357

3층 건물로 여자 해설사가 예약 여부를 확인하고 단독으로 안내를 시작하는데 전시관 1층에 들어서자 '의향(義鄕) 양평'이라는 주제는 반골 충절인 곳이었음을 연상하게 했다.

지평은 항일 의병이 시작된 곳의 하나로 일본의 침탈에 거센 저항을 보여 준 지역 인물들(안종응, 이영춘, 김백선 등)이 있다고 입을 연다. 첫째로 양평을 대표하는 화서(華西) 이항로(李恒老) 유림 학파는 1895년 명성황후 시해 사건과 단발령 공포에 대한 반발로 이곳 지평에서 의병을 창의했었다. 또 나아가 화서 학파는 만주 지역 항일 독립운동과 상해 임시정부, 광복군과도 연계되어 있었다.

지평 의병이 최초의 을미의병(1895)으로 인근 강원·충북 지방의 의병 봉기에 도화선이 된 것은 위정 척사 사상(衛正斥邪思想)이 강한 지역이기 때문인 것도 알게 되었다.

을미의병이 화서 학파에 의한 것이었다면, 정미의병(1907)은 평민층과 해산된 군인들이 주도한 것이었다. 그해 11월 초, 각지에서 5천여 명에 달하는 의병대가 서울 진공 작전을 목표로 지평 삼산리에서 집결했다. 이를 저지하기 위한 일본군의 공격으로 삼산리 전투를 치르게 되었는데, 의병의 근거지라고 하여 양평지역의 유서 깊은 사찰인 애먼 용문사 상원사 등이 불태워지는 등 잔악한 탄압이 있었다. 그러나 의병의 항일의지는 독립군으로 계승되어 민족해방운동의 밑거름이 되었던 곳으로 유명해졌다.

▨ 지평리 전투

1950년 6월 25일 새벽 북한군이 38선을 넘어 기습 남침으로 한국전쟁은 시작되었다. 중공군은 유엔군의 북진으로 북한 존립이 위태로워지자, 소련과의 밀약과 북한의 애원에 참전을 결정하게 되었다. 이로써 6·25 전쟁은 조·중 연합군 대 유엔군 전쟁, 즉 공산 진영과 자유 진영 전쟁으로 바뀌면서 새로운 국면으로 전화되었다.

지평리 전투는 중공군 참전 이래 유엔군이 중공군의 대규모 공격에 물러서지 않고 진지를 고수하며 승리한 최초의 전투였다. 이 전투로 유엔군이 중공군과 전투에서 자신감을 느끼기 시작했으며, 이후 38선을 회복하는 반격의 기점이 되었던 것이 매우 중요한 전사(戰史)다.

▨ 지평리 3일 전투 영상 자료

- 1951. 2. 13. 저녁 중공군 3개 사단이 미국 프랑스 2개 대대를 8차례에 걸쳐 파상공격 해왔으나 연합군은 중공군을 모두 격퇴했다. 이날 전투 중 폴 프리먼 23연대장은 전상을 입었으나 후송을 거부하고 계속 전투를 지휘한 것은 지평리 전투가 얼마나 중요했는지를 대변해 주고 있다. 갑자기 충무공의 "나의 죽음을 적에게 알리지 말라."라는 최후의 명언이 떠오른다. 또 리지웨이 미8군 사령관이 직접 헬기로 연대를 방문하여 대원을 격려한 것도 지평리 전투의 중요성을 뒷받침하고 있었다.
- 1951. 2. 24. 저녁 7시 중공군 4개 사단 병력이 집중 공격을 해왔다. 중공군과 백병전이 벌어졌으나 미군과 프랑스군은 결사 진지를 사수하니 중공군은 하는 수 없이 새벽 철수했다. 중공군의 인해전술에는 프랑스군의 총검술 돌격이 딱 맞아떨어져 승리의 발판이 되었다고 한다.
- 1951. 2. 25. 크롬베즈 특임대는 기갑부대 특유의 강력한 화력과 신속한 공격으로 추정 500명이 넘는 사상자를 낸 전과로 중공군 측 후방까지 파고들어 위협하니 중공군들은 후퇴하고 틈을 탄 지평리 방어선은 인접 전선들과 연결되어 완전

방어선이 구축됐다.

지평리 동쪽에서 한국군 5사단과 8사단을 괴롭히던 중공군의 4차 공세는 결국, 지평리에서 좌절되고 말았으니, 중공군은 목표를 달성하지 못하고 물러서게 되었다.

여기서 유엔군의 사기는 고무되었으며 중공군의 인해전술을 화력과 견고한 방어 진지 총검술로 물리친 최초의 승전이 되었다. 이후 자신감을 되찾은 유엔군은 다시 북진을 계속할 수 있었으니 당연히 오래 기억할 만한 전사(戰史)였다.

만일 지평리 전투의 참패로 물러서게 됐다면 전세는 어떻게 되었을까? 상상을 낳게 한다. 승전기념탑과 충혼비는 이를 대변 해주고 있었다.

돌아오는 길 남한강 강가 산비탈 '구벼울' 카페에서 커피 한잔으로 일정을 마무리하는데 강 건너에는 주홍색 지붕이 유럽 여행에서 본 듯한 펜션으로 한눈에 들어오고, 저녁나절 통통선이 잔물결을 가르며 거슬러 오르는 것을 넉살 좋은 가마우지는 모르는 척 물고기 사냥에 부리를 겨누고 있으니 한 폭의 서양화 풍경으로 감탄할 뿐이다.

– 2023. 8.

※ 지평리 '몽클라르길' 개통(2023. 10. 9.)
지평리 전투에서 프랑스 몽클라르 장군은 6·25 참전하기 위해 중장에서 중령으로 네 계급 낮춰 스스로 강등하고 대대 병력을 지휘하여 공을 세운 것으로 알려져 정부 보훈부는 이곳에 몽클라르 길, 3,421m의 자전거길을 만들고 그의 사진과 업적으로 조형물을 설치했다. (프랑스 참전군 3,421명)

선산(先山)

———— 예부터 우리 사회에서는 가문에 따라 선산이나 비슷한 종중산을 마련하여 조상들의 무덤 장소로 하고 있다.

선산을 선택하는 데는 길지(吉地)가 포함돼야 한다며 나름대로 풍수사에게 의뢰해 그들의 직관이 많이 작용한다. 물, 산세, 지형, 지질, 좌향, 음양, 환경 등이 선정의 토대가 된다.

필자 고향은 산자 수려한 곳이길래, 그 여건에 비슷한 곳이 더러 있었나 보다. 명절 전·후로 선산을 찾는 외지 성묘객들이 대를 이어 승용차로 줄을 잇는 걸 보면!

즉 지명이 화산(華山)인데 한자는 '빛날 화, 뫼 산'이다. 화산이란 지명은 웬일인지 이곳뿐이 아니고 전국 여러 곳에서도 볼 수 있지만, 중국에도 화산(華山) 지명을 볼 수 있는 것을 보면 그럴듯한 지명인가 보다. 중국에서는 '화샨'이라고 발음하기도 한다.

필자 조상도 한때 고향에 집성촌을 이루고 살았으니 당연히 선산, 종중산이 있다. 선산중 사종중산(私宗中山)은 촌수가 가까운 친족끼리 묘를 쓰고 규모가 작은 선산이다. 필자 선친의 고조부(高

祖父) 아래 자손들의 묘로 선산을 같이 이루고 있다.

우리 선조들은 옛날엔 이웃에 같이 살고 있었지만 지금 후손들은 전국, 해외까지 흩어져 살고 있기에 어느 때 명절 성묘 가면 이산가족 상봉하듯이 익지 않은 친족들이 얼굴을 맞대고 항렬과 이름을 대며 나이 등으로 인사를 나누는 것이 보통이다.

씨족 간에 갈래를 알아보고 일가들의 단합과 조상의 얼을 찾는 데 선산은 크게 도움이 되기도 한다.

필자도 선친께서 생전에 이곳 선산에 '이 자리는 장남 부부, 저곳은 차남 부부(필자)의 자리라.' 하고 점찍어 주신 곳에 치표(置標)를 해 놓았다. 형님은 몇 년 전 그 자리에 영면하셨지만 생존해 계시는 형수님도 옆자리가 마련되어 있다. 필자도 선친께서 마련해주신 자리를 그간 매년 벌초하고 관리를 했었다. 선친의 뜻으로 선점해 주신 곳을 유택 예정지라 생각하고 소중하게 관리했었다.

그러나 선산 중흥 시대 장례는 거의 매장이었는데 세월이 흘러 장례 문화도 매장보다 화장 장례로 바뀌어왔다. 따라서 대부분 선산을 찾기보다 가까운 거리의 추모 공원 묘지에 간편한 수목장, 봉안묘, 봉안당, 수장 등으로 장례가 급변하고 있어 선산을 찾아가는 경우가 많이 줄었다. 시대 흐름의 대세다.

조상 제례, 명절 차례 문화까지도 많이 변했다. 심지어 제사 제한론에서부터 무용론, 집에서 모시지 않고 산소에서 만나 예의를 갖추는 가문이 점점 많아졌다. 그것도 제사 당일이 아니고 인접한 날로 자손들이 가장 많이 만날 수 있는 날로 대체하여 편의상 제삿날이 되기도 한다.

사실 명절 연휴는 여행가라고 제정한 날이 아니 건만, 명절 연휴를 맞아 해외 나들이객 비행기 표가 동나 국내 여행으로라도 돌리는 경우가 허다한지 몇 년 됐다. 명절 차례 문화의 변화에서 오는 시대의 흐름이다. 아직도 필자에겐 탐탁스럽지 않지만 대세라고 한다면 순조롭게 받아들일 마음의 준비를 해야 할 것 같다.

처(妻)가 몸져누워 있을 때 아들이 찾아와 이야기했다. 어머니가 돌아가시면 장례 계획을 묻는다. "글쎄! 할아버지가 마련해주신 선산 치표를 해 놓은 곳으로 가야 하지 않겠느냐?" 무심코 대답했다. 아들은 한참 머뭇거리다가 "아버지께서는 당연히 '선산에 모시자.' 하실 것으로 생각했었습니다만, 저희의 생각은 좀 다릅니다. 자녀가 모두 서울에 살고 있고 손자들도 서울에서 생활할 것 같은데 멀리 선산에 모시면 불효자 되기 쉽습니다. 묘소는 살아 있는 자손들이 자주 찾아뵙고 영혼을 기리며 관리해야 하는데, 멀리 떨어져 있으면 마음뿐이지 제대로 되지 않습니다. 명절 차례 때도 성묘하러 가기 어렵고 매년 벌초하기도 쉽지 않습니다. 서울 근교 그럴 만한 추모 공원묘지가 많이 조성되어 있으니 마땅한 곳을 유택지로 하면 어떠하겠습니까?"라고 한다. 실은 필자도 염려했던 바이다.

선산은 집성촌을 이루고 있던 시대의 유산이다. 사람은 죽음 자체로 끝인데 예(礼)는 아무래도 살아있는 사람 중심으로 해야 할 것 같아 승낙했다.

시대가 많이 바뀌어 국제화로 돼가는 판에 옛것만 그대로 고집스럽게 주장하는 것은 은어로 '꼰대'라고 치부 받기 쉽게 되어간다.

옛날처럼 수백 년 묘를 관리하고 찾아 성묘하기란 아쉽게도 이젠 점점 멀어지는 시대 같았다. 필자도 언젠가 부인 따라 갑산 추모 공원 묘지로 가겠지만 '세계화 시대에 자손들과 선산과는 자연히 더 멀어지게 되겠구나!' 생각되었다.

명절이나 제사 때는 흩어져 있는 가족이 많이 모여 화목을 이

루고 조상에 대한 음덕을 기리는 데 의의가 있었다. 조상 없는 자
손은 없듯이 그래도 시간 되면 선산의 조상을 찾아뵙고 예를 갖추
며 일가친척을 만나 소통하려는 것이 자손 된 도리로다.

– 2023. 9.

도로 미스

——— 우리 사회가 일본 뒤따라 저출산 고령화 시대에 접어들었다. 그것만으론 부족했던지 초고령사회로 접근한다며 걱정한다. 위정자들과 학자들은 저출산 파급이 장차 국가의 존망까지 염려된다고 안타까운 심정을 토해 낸다.

요즘은 바짝 정치권과 기업에서 저출산 해소 대책에 쌍불을 켜고 논의하고 있지만 완벽한 대책은 아직도 잘 보이지 않는다. 따라서 고령 사회에서 고령자가 고령자를 돌보아 줘야 하니 안타깝기 짝이 없다. 그 사회에서 고령자는 나름대로 이에 적응할 대책을 스스로 찾는 것이 현명하다.

늘그막에는 부부 중 한쪽이 먼저 떠나기 마련이여 남은 쪽은 불가부득 외로움에 젖어, 또 다른 세상을 살아가는 것이 고령사회에서 필연적이다. 그것도 느지막이 오면 다행이지만 중년에 닥치면 난처해 '들자니 무겁고 놓자니 깨질까!' 하는 지극히 고약한 처지가 될 수 있다. 고령화 사회에서 고령자들이 남에게 부담을 덜 주고 버텨나가려면, 노익장 건강이 최우선이다. 건강을 유지하려면 친구가 많고 생활이 즐거워야 한다. 취미 생활로 소일거리를 찾아야 하며 덧붙여 노궁(老窮) 같은 것도 타지 말아야 한다.

이런 것이 엇박자가 되면 외롭고 무료하게 되며 그러다 보면 불청객 우울증 치매 같은 것이 틈 사이로 비집고 들어와 생활이 망가지니 고령에 비참함에 이를 수 있다.

국가에서 다행히 고령화 사회에 대한 다양한 시책을 펼쳐 혼자 살아도 외롭지 않게 환경을 꾸며주고 있는 것은 다행이다. 그 일례로 복지관이나 노인 일자리가 그렇고, 평생교육이라 하여 주민·구민센터에서 다양한 취미 활동의 장을 열어주는 것이 그렇다. 또 스스로 동아리 회원이 되어 삶에 보람을 찾으며 여생을 즐기면서 살아가는 자생적 모임도 있다. 건강이 허락된다면 옛날과 달리 외짝이 되어도 잘 지낼 방법이 널려있다.

필자가 지금 펼치려는 이야기는 머리가 하얗게 팔십을 뛰어넘은 어느 할멈네들의 모임이다. 63년 전 교육대학(사범학교)을 졸업하고 교직에서 정년퇴직한 지 20여 년을 넘긴 여자친구끼리다. 그들은 중소 도시에서 생활을 같이하면서 평일에는 각자 이런저런 취미 생활하다가 매주 목요일만 되면 만사 제쳐놓고 만나 실컷 즐기고, 돌아갈 때는 또 다른 기대를 한 아름씩 안아 가는 목요(木曜) 모임이다.

일반적으로 남자 평균 수명이 여자보다 짧다더니 확인이나 해주듯 남편 먼저 보내고 홀로된 네댓 명 할멈들의 옛 여교사 만남이다. 그는 이름도 합성어로 '도로 Miss'란다. 짝 잃고 아쉬워 다시 소녀시대의 꿈이라도 되새기며 마음만은 젊게 같고 살고 싶어서란다.

자녀들도 60대로 접어들어 손주들 시대가 되었건만, 그들과 더불어 소통하며 걱정 없이 건강하게 생활하고 있다. 대궐 같은 집

한 채씩을 독차지하고 현직에 있을 때 챙겼던 공무원 연금 받아 쓰면서 어쩌다 자녀들이 챙겨주는 용돈은 보너스란다.

철에 따라 매주 동·식물원 관광지 유원지, 왕릉, 사찰, 농원, 공원 바닷가 등을 순회하며 왁자지껄 노니는 어쩜 유람객 같은 삶을 흉내 내는 모임이다. 때 따라 맛집을 찾아가고 농산물 생산지를 직접 찾아 싱싱한 신토불이 건강식품 찾는 것도 일 중 하나다. 모여 끼니를 마치곤 종이 가방 속에 나름대로 챙겨 온 주전부리를 후식으로 한입 재촉하면 말문이 부드럽게 열린다.

이제 와 학창 시절, 젊음의 추억, 건강, 자녀, 친구들과의 에피소드 등 부담 없이 자유분방한 주제들로 깔깔대며 석양을 맞으니, 엔도르핀은 저절로 솟아난다. 항상 미소 짓는 얼굴 유지 비결의 정답 같았다.

여기에는 아직도 육십 대처럼 핸들 잡기를 즐기는 봉사자가 둘이나 있기에 금상첨화다. 우선 이동이 자유스럽고 편리하다. 이미 떠난 남편이나 친구는 그렇다 치고, 아직 요양원, 요양병원, 안방에서 병환으로 신음하고 있는 친구들 생각하면 아찔하다며 나름대로 일찌감치 건강을 최우선으로 챙긴 것은 다행이라 생각된단다.

한편 남편을 먼저 보내고 어찌 허전한 시간이 없었으련만 황혼을 새 출발로 칠십 년 넘게 묵은 인연으로 속들이 알고 뼛속까지 꿰뚫어 보는 같은 처지, 도로 Miss가 네 것 내 것 따지지 않고 더불어 천생 친구로 살아가는 것이 그토록 즐겁고 주위에 부러움을 준다.

9월 늦더위가 극성을 부리던 어느 날, 동물원 쉼터에서 주전부리 가운데 놓고 사각으로 펑퍼짐하게 누워 "내 팔자야!" 하며 여유를 보인 사진 한 장을 보고 한마디로 '상팔자'라고 붙여줬다. "백세 시대는 그렇게 이루어진다."라고도 덧붙였다. 동기 중 넷 중 하나 꼴은 이미 세상을 떠났거늘, 잊힌 그림자가 아롱거려 배알이 뒤틀린다.

아직도 두 다리로 찾아와 이렇게 목요일 하루를 허튼소리로 희희낙락하는 것이 건강을 쌓는 비결이기에 고령화 시대에 잘 적응하는 것이 부러워 축하하지 않을 수 없었다.

모임이 와해하기 쉬운 그것은 개인의 욕심이나 아집에서 오는 것인데 이렇게 십여 년도 더 흘렀으니 튼튼 대로다. 헤어질 때는 '내일도 목요일'이면 좋겠다고 혼잣말로 중얼거림에 끝없는 미련이 있어 보인다. 이들은 필자의 여자 동기, 자칭 도로 미스들이다.

－ 2023. 9.

A의 늦깎이 수필 등단

——— '오! A, 늦깎이 수필작가 되셨네! 지긋한 나이에 불편한 몸으로 대단하십니다. 그렇게 갈망하시더니. 기어코 수필로 등단하셨음을 진심으로 축하드립니다.'

한쪽의 글이라도 자신 있게 써서 남 앞에 내놓기가 생각처럼 쉽진 않다.

우린 항상 남의 글만 읽고 나름대로 이러쿵저러쿵 말하기 쉬워도 글 쓸 일이 생기면 걱정되기도 한다. 그도 그럴 것이 우리글이 배우기 쉽고 쓰기 편하다고 하지만 막상 펜을 들고 격식에 맞는 문장을 만들려면 그렇지만 않다. 챙길 것이 많다.

선택한 단어를 품사와 엮어 조화로운 문법으로 서론 본론 결론, 기승전결 등 토씨 형용사 접속사, 띄어쓰기 등 무엇을 어떻게 이끌어 매듭을 짓는 것이 적절할까? 머리가 뒤숭숭해진다. 그러므로 문자 해득하면서 글쓰기를 시작했지만 한평생 그럴듯한 글을 한 장 쓰는 데는 자신 없어서 주저하는 사람이 없지 않다.

그러나 한편 그간 나름대로 갖춰진 기본 바탕 위에 의욕 하나만 믿고 도전하여 유명한 인기 작가가 되는 경우도 우리 주위에서 더러 볼 수 있다. 결국, 글쓰기도 마음먹기에 달렸다는 말이다.

여기 교단에서 40여 년 봉직하고 정년퇴직한 전 교장 A 씨의 글쓰기 사연이다. A는 소년 시절을 어렵게 생활하며 6남매의 맏이 되어 면학은 뒤 문제고 집안을 이끌어가는 생업에 신경을 써야 하는 청소년 시절이었다. 한편 그런 생활 습관에서 자생력이 길러졌고, 돌파력과 자립심 등 집념이 강해진 것 같았다. 그 시절 A는 무일푼으로 뛰쳐나가 무전여행으로 고난과 역경을 체험해 보았고, 무에서 유를 창조한다는 도전 정신과 인내력도 시험해 보아 나름대로 성취감을 맛본 생활을 한 것 같았다.

A는 퇴직하고 자유스러운 몸이 되어 건강 챙기며 친구들과 국내외 여행을 즐겼다. 특히 해외 여행을 할 때는 직업 특성이 도져 새로운 문화와 체험을 흘려보내지 않고 기록으로 남겨 뒀던 모양이다.

그러나 갑자기 원인을 알 수 없는 뇌종양 진단은 맑은 하늘에 날벼락으로 앞이 캄캄해졌었다. 위암 간암은 흔하게 들어봤지만, 뇌암이란 말 자체가 생소하여 충격이 더욱 컸다. 어째서 뇌암이 발생했는지 생활을 뒤돌아다 보며 혹시 평소 생활에서 심한 스트레스가 원인 아닐까! 조심스러운 자가 진단도 해 보았단다. 여러 병원에서 진단받고 결국 대학 병원에서 수술하게 되었다. 치료 기간에 마침 코로나 역병까지 퍼져 병원과 집에서만 계속 머물러야 하니 위기를 기회로 만들자며 글쓰기를 시작했다.

먼저 자기의 삶을 돌아본 기록이 자녀들의 삶에 참고가 될까, 싶어 자서전을 집필하여 자녀들과 가까운 친지들에게 나누어주었다. 반응이 기대에는 미치지 못했지만, 자서전을 썼다는 자부심에 다음을 생각했다. 뇌암 수술 담당 의사는 차제에 회복 전후에도 신체 운동과 뇌 운동을 생활화하도록 적극 권장했다. 그런 운동이 결핍되면 치매까지 올 수 있는 확률이 높다고 하면서 말이다. 마침 해외 여행에서 수집한 자료를 모아 여행기를 작성하여 출판하니 투병 중 작품이라며 여기저기서 격려와 칭찬을 받았다.

최근에 전문직 출신 Y 교장의 초청으로 모처럼 네 사람이 만나 식사하는 자리에 A 교장도 동석하여 위와 같은 사실을 실토하여 알게 되었다.

마침, 필자는 영문도 모르고 세 번째 출간한 수필집을 들고 나갔으나, A 교장의 이야기를 듣고 참고가 될지 싶어 기증하면서 문단에 등단할 것을 권유했다. 그도 그간 관심이 있던 것이 두 권 펴낸 문집을 무명작가 작품이라며 허름하게 평가하는 것 같아 마음 아팠다. 그래서 등단의 기회를 찾던 중 마침 필자의 문집을 받고 크게 반겼다.

그는 정색하고 캐물어 본다. 내가 등단하기 전 심정과 비슷함을 눈치챘다. 문단에 안내해 주는 사람이 있으면 어렵지 않겠지만, 그쪽에 관련된 사람이 주위에 없다면 절차 단계를 잘 모르니 막막했다.

A는 책 두 권을 출판했으니, 무명작가다. 작가란 칭호는 정해진 요식 행위 절차를 거쳐 등단하면서 붙여지는 공식적 이름이기에 야속하다. A도 문집을 출간하면서도 아쉬움을 느끼며 등단을 갈망했다. 등단이 안 된 저자의 글은 내용과는 다르게 '무면허 운전자', '돌팔이 의사' 덤핑으로 취급받기에 십상이란다. 그것을 느낀 A는 마침 필자가 안내해 준다고 하니 크게 반겼다.

그는 자서전과 해외 기행문 집 외에 여러 편의 작품을 갖고 있었다. 그중 세 편을 챙겨봤다. 작품은 '매일 아침 숙제', '무전여행', '교사 첫 부임지의 황 병장'이었다. 등단 작품으로 3~5편 출품하라고 한다는데, A에게 필자가 희망적인 조언을 빼놓지 않았다. 소위 등단을 위한 출품작은 저자로 등단을 위한 최선을 다한 최고 작품이기에 객관적으로 크게 하자가 없는 한 심사위원도 참작할 거라며 겁먹지 말고 원고를 다듬어 제출해 보도록 권장했다. 심혈을 기울인 작품을 출품했으니 좋은 소식이 올 것이라고 격려도 했다.

난 A의 생활을 보고 놀란 나머지 존경했다. 뇌암 수술 환자가 정황 중에 읽기도 아닌 글쓰기를 하여 짧은 기간 동안 그 나름대로 두 권의 문집을 출간하고 계속 등단하여 계속 집필활동을 하겠다는 용기와 집념이 대단하고 기특했다. A는 나보다 5년쯤 후배인데 필자의 문집에서 자극받고 더욱 힘과 용기가 생겼다고 덧붙인다.

서두는 이렇게 추진한 출품작으로 등단한 A 전 교장에게 필자의 축하 인사다.

희로애락은 삶의 징검다리

—— 기쁨, 분노, 슬픔, 즐거움은 희로애락(喜怒哀樂)을 풀이한 우리말이다. 이는, 우리 삶에서 불규칙적으로 밀어닥치는 약방 감초다. 기쁨과 즐거움이 분노와 슬픔보다 더 자주 닥친다면 만족이 더 할 것이고, 반대라면 자연히 불행의 지수가 높을 것이다.

삶에서 누구든 필연적으로 이를 맞게 되며 호재로 또는 악재의 빌미가 되기도 하여 잘 갈무리해야 한다. 이에 대처 효능에 따라 삶의 방향과 질이 달라진다. 희로애락(喜怒哀樂) 사자성어를 한마디로 속되게 내 나름대로 붙여본다면, 이것은 죽도 밥도 아닌 뒤범벅 잡탕이다. 그런데 이 잡탕은 생활에 행복과 불행, 성공과 실패, 만족과 부족 등을 가져다주는 요소로 불규칙하게 돌고 돈다.

필자의 삶이 이제 우리 평균 수명을 지나다 보니 지난 일들이 주마등처럼 떠올라 그간 필자의 잡탕에는 무엇이 뒤섞여 있어서 어떻게 흡수와 방어로 대처했으며, 그로 인한 삶의 궤적은 어떠했는가를 살펴보는 것도 느직이 생을 반추하는 의미가 있어 떠올려 본다.

먼저 순서대로 기뻤다고 하는 희(喜)를 찾아보면, 필자에게 생의 나침판이 돼준 중학 진학이 으뜸이다.

불행하게도 6·25로 초등학교가 불타 학동으로 써는 졸지에 부모를 잃은 듯 고아처럼, 배움이 고파 헤매며 고개 넘어 다른 행정구역 분교까지 기웃거리다 결국 전시(戰時)에 '학력고사'와 '새 공부'라는 중학 입시 부교재에 매달렸다. 주야 암기로 달인이 되어, OX, 사지선다형, 단답형 객관식 문제를 운칠기삼(運七気三)으로 풀어 사범학교 병설 중학교를 엉겁결에 합격했을 때다.

등잔불 아래서, 두레박 물 마시며, 기차 한 번 못 타보고 살아온 산골 소년, 짚신 삼아 신고, 새끼 짚 뭉쳐 축구 하던 가난한 시골 소년에게 학습 부실까지 겹쳐 언감생심 도시 중학교, 그것도 감히 특차 학교에 진학할 꿈을 갖는 것은 어쩜 뜬구름 잡기였다. 그러나 그것이 꿈 아닌 현실이 되었으니 가슴 벅찬 기쁜 심정을 어찌 여기에 다 표현할 수 있으랴!

그를 기점으로 교육자가 되어 반평생 살아온 것이 자랑스럽다. 교직을 마치고 정년퇴임식장, 전국에 흩어져 사는 졸업생 제자 다섯 팀 대표 21명이 참석 축하해 주니 그 시절 아련한 추억이 우후죽순처럼 떠올라 보이지 않는 눈물이 가슴을 적셨다. 퇴임 전 일본 나고야 거주 제자가 초청 4박 5일 안내로 일본을 관광시켜 주더니, 퇴임식까지도 참석해 줬던 일이 스승 된 자리가 더할 나위 없는 기쁨과 보람으로 끝을 맺었다.

분노(怒)했던 일이다. 호사다마(好事多魔)라고 삼십 대 중견 교사로 여러 단계의 까다로운 관문을 거쳐, 국립학교(교대 부속)에 전입되어 교육자로서 소망을 이루는가 싶더니 '아닌 밤중에 홍두깨' 격으로 수신제가 연좌제 품위 유지 덫에 걸려 날개는커녕 오히려 점

하나 달고 나왔다.

물에 빠지니 근거도 없는 폄하 성 가짜 뉴스에 공든 탑은 하루 아침에 무너지면서 심신이 괴로워 견디기 어려운 날도 있었다. 스스로 모자람을 통렬히 반성하는 기회도 되었지만, 그중 누명으로 억울한 분노는 쉽게 삭이지 못했다. "눈물 젖은 빵을 먹어보지 못한 자는 인생의 참맛을 모른다."라는 격언은 괴테가 나를 두고 하는 말 같아 의지가 되고 버팀목이 되었다.

슬펐던(哀) 일은 40여 년 부모님 손발 끝에 살다가 서울로 생활 근거지를 옮기던 날, 선친은 이삿짐 차에 손을 떼시더니 가늘어진 목소리로 혼잣말처럼 흘리던 말씀. '부모가 연만해지면 멀리 있던 자식들도 부모 곁에 가까이 오는 법인데, 너는 더 멀리 떠나는구나!' 아쉬움이 젖어 하시는 말씀, 떠나야 하는 내 애간장은 찢어졌다.

그 후, 꼭 1년 만에 애절하게도, 어머니가 79세로 먼저, 이어 6개월 만에 80세 아버지마저 떠나셨으니 불시에 고아는 물론 '임종 자식만 자식'이란 말이 바윗덩어리가 되어 평생 내 가슴을 짓눌러 자식 같지 않은 자식으로 사는 심정이었다. 짬을 내어 묘소 찾아 엎드려 이실직고 중얼거려 보나 석연치 않고 아쉬움은 달랠 길 없이 여가까지 왔다.

즐거움(樂)이다. 중·고 시절 맺은 동아리 7명은 1994년 해외여행 붐이 막일 때 이웃 나라도 못 가본 처지에 겁도 없이 첫나들이로 14일 16박 아메리카 대륙 미국 동 서부를 관광했던 즐거움이 크다. 미국 친구의 초청으로 말로만 듣고 동경했던 미국을 관광하면서 중학 입시 예상 문제였던 '세계에서 제일 높았던 건물 뉴욕의 엠파이어스테이트 빌딩(102층, 381m)' 전망대에서 사방을 바라볼 때 세상이 내 발아래에 있는 듯 감회가 깊었다.

잠재력이 늦게 발휘되었나 퇴직 후 우연히 수필, 시 문단에 등단하고 서너 권의 수필집을 출간하다 보니 바라던 '작품상'과 '작가상', '우수 도서상'의 수상 자리에 올랐다. 이제 어느 수상을 더 바랄까! 수필 제4집과 첫 시(詩)집을 준비하고 있음이 늘그막에 유일한 일거리로 즐거움이어라.

삶에서 어찌 희로애락이 이것뿐이랴만 필자는 그때마다 잡탕을 나름대로 끓이고 다독여 팔십 대 중반 황혼기에 이르렀다. 돌이켜 보면 중년 시련의 매콤한 양념이 없었다면 삶이 너무 무미건조했을는지도 모른다.

건강을 유지하며 자녀들 울타리 그늘에서 취미 활동 글쓰기로 여생을 즐기고 있으니, 선영께선 '종신 못 했던 벌'은 눈감아주시고 당신보다 더 오래 까지 수명을 보살펴 주시는 것 같다. 항상 분에 넘치는 감사한 마음으로 종소리가 울릴 때까지 자손들 지켜보며 겸손하게 살지어다.

조헌구 그림

전세 버스 아닌 KTX로

—— 견훤은 전주 견(甄)씨 시조이며. 조선 태조 이 성계 어진도 전주에 보존되어 있어 전주는 역사적 고도(古都)임을 보증한다. 최근에는 한옥마을 도시로 전주하면 한옥마을, 한옥마을 하면 전주가 떠오르고 맛과 멋, 인심까지 고품격 관광도시로 굳혀 가고 있다. 필자는 이곳에서 학교에 다녔고 오랫동안 살기도 했다.

계절은 처서가 지나면 대체로 무더위는 사라지고 가을바람이 솔솔 불어 추석과 우리 정기 모임이 다가옴을 눈치라도 챘음인지 파란 하늘을 펼쳐주고 귀뚜라미는 소리 내어 우리 가슴에 가을을 밀어 넣어주었다.

매년 시월 상달 십이 일은 전주 사범 십이(본과) 동기생 모임 일 이다. 머리카락이 허옇게 된 노(老)스승이 되어 이때가 되면 덧없이 흘러간 지난날이 그립고 그 속에서 희미해져 가는 얼굴들이 전국에서 하나둘 모여 얼싸안는다.

필자는 백수 되면서 당연히 동창회의 단골 회원이 되었다. 졸업 회원은 남녀 253명(135, 118) 이었으나, 졸업 후 전원 참석한 적은 기억에 없다. 일찍이 전국 지구촌에 흩어지면서 멀리 떠난 친구가 있었기 때문이었다.

본격적인 12회 총동창회는 한참을 지나 환갑 즈음하여 명예 및 정년퇴직으로 자연히 백수로 이어지면서 시간적 여유가 생겨 성황을 이루었다. 우리 동창회는 언젠가부터 수도권 회원이 대폭 늘어나자, 편의상 본부와 서울에서 격년제로 번갈아 주최하며 매년 시월 십이 일로 일자를 고정하였다.

서울에서도 이십여 년 동안 버스 한 대의 인원이 전주 본부로 내려갔고, 본부에서는 그보다 많은 회원이 서울 모임에 참여하며 25~26년 백 명은 채 못 되지만 동창회답게 시끌벅적 시행하였다. 그러나 코로나 역병으로 대면이 어렵게 되자 4년간 본부와 수도권은 자체 모임으로 가름했다.

모처럼 올해에 본부의 합동 총회에 수도권에서도 참석 준비하고 있었는데 전세 버스가 필요 없게 되었다. 참석 예상 인원이 폭삭 줄었기 때문이다. 불행하게도 그간 멀리 떠난 친구가 대여섯 명, 현재 요양 중인 친구, 배우자 병간호 때문이다.

4년 전 버스에 가득했던 친구가 그사이 이렇게 쪼그라진 건 예상이 앞당겨졌다. 세월은 우리를 비껴가지 않았다. 필자는 본부 회장이 보내준 안내장을 받고 친구와 같이 "건강할 때 참석하자." 라고 다짐하며 십여 일 전 KTX 승차권 예매로 참석 준비했다. 그러나 친구마저 나이 탓인지 밤새 감기로 참석이 어려워 외톨이로 참석하게 되었다.

전주 어은 터널을 지나 11시 50분 금양정 회관에 들어서자 먼저 입장한 남녀 40여 명의 눈총을 받으며 늦게 혼자서 입장했다. 좀 당황스러워 냅다 거수경례로 "충성!" 외마디 구호는 늦었음이 미안하다는 뜻이다. 낯선 행동에 어리둥절한 표정에서 "저게 누구냐? 웬 소리가 그렇게 커!" 뒷줄에서 들리더니 박수도 들렸다. 남자친구들 하나하나 손잡고 흔들었다. 또 여자 회원과는 평소 안면이 짙거나, 필자의 수필 문집을 접하고 소식을 줘 기억이 나는 얼굴들과 손잡고 이야기를 나누었다. 수필 2, 3집을 기증하고 난 후 자연스럽게 대화의 소재가 생겨 부드럽고 다정했던 친구처럼 친밀감 있는 대화가 흘러 다행이었다.

졸업 후 처음 만난 친구도 있고, 더러 만나기는 했었지만, 개중에는 그사이 모습이 많이 변하여 이름과 얼굴의 매치가 잘 안 된친구도 있었다. 이미 세상을 떠난 '최 선생 같은 얼굴은 그가 아니고 다른 김 선생'이었다. 하마터면 큰 실수를 저지를 뻔했다.

12시가 지나자, 회장은 환영 인사와 함께 최근 유명을 달리한 남녀 두 명의 비보를 전할 땐 숙연해졌다. 느닷없이 적막을 깨고 건배 제의자를 지명한다. 뜬금없이 '서울 친구'라며 소개하니 분명 나를 지칭하는 것 같은데 한쪽에선 "건배사 단골이 왔네!" 구시렁거리는 소리도 흐릿하게 들린다. 돌이켜 보니 본의 아니게 객원으로 뜬금없는 동창회 건배사를 세 번째 하는 것 같으니 빗대어 하는 소리 같았다.

하는 수 없이 자리에서 일어서 주위를 둘러보며 첫마디를 "매우 반갑습니다."로 시작했다. "몇 달 전에도 이곳 전주에 친구들 만나고 갔으나 늦기 전에 더 많은 친구를 한꺼번에 만나고 싶었습니다. 특히 최근 하루 만에 유명을 달리 한 고(故) 김 선생이 떠올라 많은 동창을 동시에 만남은 내가 참석하지 않으면 없겠구나! 생각이 앞장서 한걸음에 달려왔습니다. 우리는 이미 떠난 친구나, 지병으로 누워 수명의 연장에 버둥대는 친구보다는 삶의 복을 더 받은 것이 분명합니다. 부디 건강 잘 유지하고 행운이 깃들어 내년에도 이 모습 그대로 만나기를 위하여!" 외쳤다. 갈비탕에 술이나 음료수를 취향대로 한 잔씩 마시면서 젊은 피 청소년 시절의 앳된 추억들로 웃음꽃을 피웠다.

아쉬움이 있었다면 예전처럼 오 목사(전직 음악 교사)의 색소폰 연주로 우리가 불러야만 했던 동요, 「섬집 아기」, 「반달」, 「동무 생각」, 「엄마야 누나야 강변 살자」, 등과 가곡 「이별의 노래」, 「4월의 노래」, 「언덕 위의 집 가고파」 등 옛 추억이 고스란히 서려 있을 우리 노래를 맞춰 목청껏 불러보고 싶었는데 회식 장소 주인이 소음으로 간주하고 허락해 주지 않아 회포를 풀지 못한 것이 못내 아쉬웠다.

끝맺음은 교가 제창이었다. 우리의 이상과 소망이 듬뿍 담긴 역사 깊은 교가를 지난날 학교생활을 나름대로 떠올리고 손뼉을 치면서 못다 이룬 여한을 품어내듯 있는 힘을 다해 부르고 막을 내렸다. 참 반가웠다.

– 2023. 10.

TV로 본 항저우 아시안게임

———— 올림픽, 아시안 경기 대회는 인간의 힘(力)과 기(技)의 잔치다.

또 그 시대 체육 문화의 꽃이다. 스포츠는 고대부터 평화적 경쟁의 상징으로 우의와 평등, 평화와 외교의 한 부분이다. 고대에서는 역사적으로 전쟁하다가도 멈추고 운동 경기했던 때가 있었으니까….

우리도 한때 군사 정부에서는 '체력은 국력'이라면서 스포츠 강국을 국정 지표로 삼은 때도 있었다. 스포츠는 암암리에 국력을 대변하기도 하기 때문이다.

아시안 게임도 4년마다 올림픽 중간 연도에 개최하는데 1951년 인도 뉴델리에서 출발했다. 그간 한국에서는 세 번(서울, 부산, 인천) 개최했는데 성적은 2, 3위였다. 중국은 힘으로 밀어붙이고 일본은 선진 체육을 앞서 받아들여 등장한다.

그 사이에서 우리는 힘도 기술도 밀려 오직 끈기, 조직만으로 경기에 임하다 보니 어려움이 많이 따른다. 아시안게임 1등은 중국이 독차지하고 우린 일본과의 경쟁으로 2~3등을 차지했었다.

항저우 19회 아시안게임 참가 현황은 39개 종목에 선수 임원 천백사십 명 참석하여 금메달 50개로 3위 목표였는데, 결과는 금 42개로 3위 목표는 달성이다.

특히 이번 대회에서 주목할 것은 비인기 기초 종목인 수영의 약진을 눈여겨봤다. 금메달 6개로 역대 아시안게임 최다 금메달이다. 펜싱도 6개의 금메달로 아시안게임 4회 연속 종합우승을 차지하여 반가웠다. 양궁에서는 금 4개, 배드민턴은 29년 만에 여자 단식과 단체전에서 정상에 섰다. 배드민턴 안세영 선수가 무릎 부상 중에도 불굴의 투혼으로 숙적 중국 천위페이를 단체와 개인 결승에서 힘겹게 물리치고 2관왕을 차지한 TV 중계 화면은 어머니도 울고 국민도 울리더니 일약 스타로 탄생했다.

배드민턴 세영, 양궁의 3관왕 시현, 수영의 3관왕 우민, 탁구 신예 유빈, 높이뛰기 상혁 그들이 모두 한국 스포츠의 샛별이며 제19회 항저우 아시안게임 한국의 MVP가 맞다. 반면 우리 효자 종목이었던 레슬링은 노골드, 유도는 금 하나로 아쉽다. 실내 구기 종목도 부진했다. 남자 농구도 역대 아시안게임 중 가장 저조한 7위에 자리했다. 그나마 여자 농구가 동메달로 체면치레했다.

남자 배구(28위)팀은 공식 개막하기도 전에 탈락하는 수모를 겪었다. 조별리그 첫 경기에서 인도(73위)에 역전패한 데 이어 파키스탄(51위)에 영패당하고 어처구니없이 예선 탈락으로 일찌감치 보따리를 쌌다. 한국 남자 배구가 세계 28위로 아시안게임에서 메달을 따지 못한 건 1962년 자카르타 대회 이후 61년 만으로 배구 동호인으로 자존심마저 무너졌다.

여자 배구(40위)도 사정은 별반 다르지 않다. 2006년 카타르 도하 대회 5위를 차지한 이후 17년 만에 아시안게임 노메달이다. 조별 예선에서 그동안 한 수 아래로 여긴 베트남에 우왕좌왕 친선 게임인지 허무하게 역전패했다. 중국(6위), 베트남(39)에 패했으나 캄보디아를 이겨 조 3위로 겨우 5~8위전에 5위 했다.

세계 랭킹에도 집계되지 않은 약체 북한에 어영부영 첫 세트를 내주고 역전승하는데 사활을 걸어 진땀을 흘렸다. 2년 전 일본올림픽 4강 신화는 '아! 옛날이여!'로 쉽게 빛이 바랬다. 대표팀 K, Y 등 주축 선수가 대표팀 은퇴한 뒤 받쳐 줄 선수를 찾지 못하고 맥없이 무너졌다.

필자는 특히 배구 성적에 실망이 매우 컸다. 필자가 늦게까지 이렇게 배구에 관심이 많은 것은 최근까지도 배구 동호회에서 활동했음은 물론, 프로 배구가 서울 장충체육관에서 열릴 때는 자주나가 약한 팀을 응원하는 배구 팬이다.

젊었을 땐 소년 체전 배구 지도 경력, 직장 배구 활성화로 배구 열렬한 팬, 전국 교육 행정직 시도 대항 단합 친목 배구 대회(장관. 국립대 총장 참석)가 전주 체육관에서 개최됐을 때는 전북교육청주관 배구 연맹 심판 이사로 전 경기 일정에 봉사하는 등 배구인으로 다양하게 활동한 추억이 남아있기 때문일 것이다.

대회 14일 차 막바지 야간에 우리의 관심이 집중된 금메달 결정전 빅게임 두 경기가 동시에 펼쳐졌다. 남자 축구와 야구다. 야구는 조별 리그에서 대만에 어처구니없게 무릎을 꿇어 복수전으로 더욱 더 관심이 컸다. 초반부터 한국이 2점 선 득점으로 경기를 끌고 가 무난히 지켜 승리로 금을 따 설욕하여 야구 팬을 안심시켰다.

역대 한일전 축구는 실력이라기보다 변수가 많았으나 응원이 힘이 됐나 한 골 차로 금메달을 목에 걸어 군 면제를 받는 선수도 있었다. 한일전은 언제나 뜨겁고 예측 불허로 조마조마하게 끌고 가다가 끝나야 끝난 것이다.

　이번 참가한 구기 종목 전반에 걸쳐 계획적인 세대 교체가 제대로 이루어지지 않은 것이 무척 아쉬웠다. 조속히 유능한 외국인 감독이라도 포진시켜 체질 개선에 나서 기량을 높이고 한국 선수에게 맞는 특유의 기술 개발 등 전략적 차원으로 대비하는 그것이 시급하다고 생각된다.

- 2023. 10.

한옥 마을과 전라 감영

───── 전주는 고전적인 도시로 한국적(韓国的)인 것을 가장 한국적으로 잘 표현하며, 가꾸고 보존 유지하는 것으로도 정평이 난 도시다.

한옥(韓屋) 마을, 한지(韓紙), 한복(韓服), 한식(韓食), 등 한(韓)자 돌림이 뒷받침한다. 전주 한옥 마을은 조상 대대로 지녀온 혼과 넋들이 숨어 잠자는 동리다. 서울 북촌 남산 한옥 등 전국에 한옥 마을이 널려있지만, 단지나 집채가 전주 교동과 풍남동에 걸쳐있는 한옥 마을에 비할 바는 못 된다.

필자도 몇 년 전 새로 한옥 관광 도시로 변모한 전주 한옥 마을을 살펴볼 겸 수도권에서 '배구 사랑 모임' 전지 훈련 장소를 전주로 정하고 일행과 같이 한나절 관광한 적이 있었다. 전주 한옥 마을은 관광객이 매년 늘어나면서 몇 년 전부터 전주에 KTX 열차를 증편하고 주말에는 이곳에서 출발과 종점이 되도록 배차하기도 했다. 일정으로 전주 한옥 마을 관광코스는 몇 가지 있지만, 형편에 따라 조정할 수 있다.

우리는 일정상 전동 성당을 출발하여 경기전을 거쳐 은행나무 길에서 주전부리하며 빠져나와 오목대에 올랐다. 내려와서는 전주 향교를 둘러보고 풍남문을 한 바퀴 돌며 남문시장 점심으로 한나 절 관광을 마쳤다. 그런데 최근에는 조선 시대 이곳을 다스리던 관청이 재창조되어서 들러달라고 기다리고 있으니, 그가 바로 전라 감영이다. 다음은 한옥 마을 관광을 배사모 회원들께 안내한 해설사 요지를 정리한 내용이다.

전주 전동 성당(殿洞聖堂)은 우리나라에서 가장 아름다운 성당 중 하나로 꼽히며, 호남 지방에 세워진 서양식 근대 건축물로 가장 규모가 크고 오래되어 사적 288호에 지정되었다. 최초의 서양식 건물로 로마네스크 양식의 아름다움과 화강암을 기단으로 하여 붉은 벽돌로 쌓아 외관이 단연 돋보인다. 이곳은 또 우리나라 천주교 첫 순교자가 나온 곳이기도 하다. 전동성당은 프랑스 신부에 의해 1908년 건축을 시작하여 무려 23년 만에 1931년 완공된 역사 깊은 성당이라고 말한다.

전주 경기전(慶基殿)은 사적 339호로 조선 왕국을 개국한 태조 이성계의 어진을 보관하고 있어 유명하다. 전주는 이성계의 본향이며 역대 조선왕들의 어진이 전시된 어진 박물관이라고도 한다. 또 조선왕조실록에 관한 전주사고(全州史庫) 등 볼거리가 많은 박물관이다. 하마비는 누구를 막론하고 이 앞을 지날 때 반드시 말에서 내리라는 뜻을 새겨놓은 비석으로 엄숙한 곳이었음을 내비친다.

오목대(梧木台) 사적 138호는 고려 우왕 6년 금강으로 침입한 왜구가 퇴로를 찾아 남원으로 내려오자, 고려 이성계가 이들을 맞아 남원 운봉 싸움에서 대승을 거두고 돌아오는 길에 오목대에서 친척들과 개선 잔치를 베풀었다고 전한다. 한옥 마을에서 가장 높은 야산 같은 곳인데 정자가 세워져 있어 전주의 전경을 한눈에 내려다볼 수 있는 유일한 망루가 되었다.

오목대 맞은편 이목대(梨木台)는 조선 태조 이성계의 5대조인 목조(穆祖), 이안사(李安社)의 출생지로 전하는데 시조부터 5대 목조까지 이곳에서 살아 전주 이씨 본향임을 암시했다.

전주 향교(鄕校)는 조선 태종 10년에 현 경기전 근처에 처음 지었으나 선조 36년 관찰사 장만이 지금 위치로 옮겼다. 대성전과 명륜당이 있는 전주향교는 유일하게 종자와 맹자, 증자와 안자의 아버지 위패까지도 봉안된 계성사가 있다.

조선 시대 성문인 풍남문(豊南門)은 전주를 대표하는 문화재로 옛 전라 감영이 있던 전주 읍성에 동서남북 성문 중 지금까지 남아있는 유일한 남쪽 성문이다. 풍남문이란 이름은 조선 영조 때 화재로 타버린 성문을 다시 지으면서 처음 붙여진 이름이다. 성문 위 문루 남쪽에는 '풍남문' 북쪽은 '호남 제일성'이라고 현판이 걸려 있고, 전라도를 대표하는 중심지의 성문으로 수원 화성을 제외한 남아있는 문 중 가장 규모가 크고 화려한 성문으로 보물(308)이 말한다.

최근에 재창건된 전라 감영(全羅監營)이 옛 전라북도청 자리에 들어섰다.

조선 팔도 중 전라도는 전주(全州)와 나주(羅州)에서 첫 자를 따 만든 이름, 전라(全羅)도라고 했다. 전라 감영은 전라감사가 근무하는 관아라는 뜻으로 '완영(完營)'이라고도 불렀다. 이는 전주의 옛 이름 '완산(完山)'에서 나온 말이다.

조선 시대 전라도는 지금의 전라남·북도는 물론 제주도까지 포함하는데, 이 모두를 총괄한 지방 통치 관서가 전라 감영이다. 전라 감영은 조선 왕조 500여 년 내내 전주에 자리하고 있었으니, 전주의 역사는 길고도 길었다.

일제강점기에 들어서 전라 감영 자리에 전라북도청이 들어서 2005년까지 전북도정의 중심이 되었다. 전라 감영의 감사(관찰사)는 오늘날 도지사급에 해당하는데 관내 행정, 군사, 사법을 총괄하고 군현 수령의 불법을 규찰하며 평가까지 함으로써 업무가 막중하여 그 임기는 짧게 1~2년으로 하였다.

전북도청은 신도시로 이전했으나, 옛 전북도청 자리는 이 고장 문화와 역사의 상징 이자 도민 삶의 흔적을 새긴 공간이었다. 이곳 전라 감영과 옛 전북도청은 유기적으로 연결되어 있었으며 역사적 운명을 함께하고 있었다. 전라 감영 자리는 통일신라, 고려, 조선 시대에 이르기까지 지방 행정을 담당했던 관청 지(地)였던 그것으로 추정한다.

필자는 이런 구체적인 역사적인 사실은 잘 모르고 도청(道廳)만 생각하고 살다가 이번 고향 방문에서 역사가 고증하는 전주 옛 모습의 구체적 사실을 파악하고 새롭게 애향심과 자긍심이 돋았다. 전주 한옥 마을이 어떻게 천 년 동안 보존 유지될 수 있었는가는 전라 감영에서부터 생각하게 되었다.

- 2023. 10. 12.

그땐 그랬었죠!

—— 나이가 들수록 오래된 일들이 자주 떠오르고 지나간 사람들이 그리워진다.

나만 그럴까! 아니, 가르치는 직업을 가졌던 사람으로써는 이따금 품을 거쳐 간 제자들이 그리워지고 때로는 보고도 싶을 때가 있었을 것이다. 그것은 제자들을 사랑했던 수많은 스승의 공통된 심정이 아닐지 싶다.

가물가물했던 제자가 불현듯 전화 한 통으로 안부를 물을 때 더없이 반갑고 고마움은 거의 같은 심정일 것이다.

오늘은 반세기 전 고향에서 재직할 때 5~6학년을 연이어 담임했던 그들과의 만남이다. 그들은 고향이 아닌 수도권에서 그렇게 저렇게, 살면서 필자가 고향 떠나 교장으로 승진되어 첫 발령을 받았을 때도 놓치지 않고 찾아와 축하를 해줬던 고향 후배이며 사랑을 놓지 못하는 제자들이다.

지난해 12월 초, 내가 세 번째 수필집 『천사대교와 퍼플섬』을 출간하고 그들 손에도 쥐어 주면서 만났던 것이 최근 만남이다. 그

때 문집을 주면서 음식까지 대접하려고 했었다. 그간 그들로부터 몇 차례 대접을 받았으니 갚을 때도 됐다는 생각이 들어서이다.

그런데 회식 자리가 다 끝나지도 않았는데 A가 화장실 다녀오는 것 같더니 프런트에서 계산하고 있었다. "왜 이러느냐?" 하는 소리에 "선생님의 혼이 담긴 귀한 문집을 주시는데 저희가 대접하는 자리가 되어야 맞다."라고 대답한다. 그렇다면 다음은 내 차례를 고수하겠다며 다음이란 허술한 약속을 하고 헤어졌다.

생활에 쫓기고 어부랑 더부랑 지내다 보니 그럴듯한 핑계들이 앞장섰던 것 같다. 10월을 넘기지 말아야겠다고, 3주를 주고 선택한 날이 오늘이다. 잠실 레스토랑에서 6시에 6명 모두 만났다. 그들도 칠십 대인데도 젊었을 때 얼굴이 그대로여서 반가웠다.

60년대 2년을 연거푸 담임했으니, 담임과 명색 코드가 잘 맞는다는 학생은 즐겁게 지냈으련만, 혹 그렇지 못한 학생이 있었다면 2년이란 세월이 무척 지루하고 힘들었을 것으로 미루어 짐작도 해 본다.

고향이 같다 보니 알고 지내던 그들의 부모님은 모두 고인이 되셨고, 형제자매 삼촌들 안부가 구진 한 이야기 소재로 이어졌다.

요즘 학교 이야기다. 추락한 교권과 강화된 아동 인권 문제가 극에 다다라 어수선한 학교 분위기가 사회 문제로 세상이 떠들썩해졌다. 벌써 이들도 손주에 관한 이야기다. 하나 낳은 자녀를 금쪽같이 키우다 보니 과보호 상태에서 이루어지는 사건이 많다는 이야기다. 또 인터넷의 발달로 정보가 빠르게 전파되고 가짜 뉴스까지 퍼 날라 진실을 구별하기가 어려운 시대임에 쉽게 공감한다.

필자도 그 시절 '숙제를 안 했다고. 거짓말했다고, 싸움질했다고 시시콜콜한 이유로 손바닥을 때렸을 텐데.' 지금 와서 생각하면 교사 임의의 훈육으로 체벌하여 스승으로서 '미안한' 생각이 든다고 이실직고 어렵게 이야기를 꺼냈다.

자리가 어색해질까봐 그런지 대부분 한결같이 '그런 기억이 없다.'라고 시치미를 떼는데 하나는 묵묵히 있어도 무엇인가 한마디 할 것 같은 뉘앙스를 풍긴다. 아니나 다를까! 그는 "선생님!" 하고 부르더니 "그 시절은 다 그랬어요. 가정에서도 학교에서도 매 맞는 것이 밥 먹듯 했었으니까요. 체벌이 두루 허용되던 시절이었어요. 혹 그런 일이 있었다고 한들 수십 년 지난 지금은 모두 잊었지요. 오직 선생님 말씀은 절대적 이어서 선생님을 존경하고 지냈을 뿐." 이라면서 판을 덮어가는 것 같았다.

하여간 이들 마음에는 그런 언짢은 생각은 남아있지 않은 것 같았다. 그러니 반세기가 지나도 스승이라 찾아와 손잡고 너털웃음으로 즐겁게 만나는 것이 아닌가 싶었다.

오늘은 지난번에 공수표만 발행했으니 내가 책임질 테니 부족한 고기도 추가하고 술도 좀 넉넉하게 마시자고 부추겼다. 그 말이 떨어지기가 바쁘게 B는 일어서 화장실을 갔다 오더니 뒤따라 바로 계산대 종업원이 카드를 들고 사전 약속이나 된 듯 주인(회장)에게 갖다 주었다. 회장은 B에게 돌려주면서 "오늘 부담은 회장 것이네."라고 한다. 또 공수표만 날렸지만 참 좋은 분위기다. 만나면 1/n 또는 서로 눈치 보며 계산대를 밀리하는 장면하고는 천양지차(天壤之差)였다.

필자는 결과적으로 또 헛소리가 되었으니, 면목이 없어 앞으론 아예 예고 안 하고 느닷없이 카드 결제해야 할 것 같았다. 은사 앞에서라기보다 평소 상호 관계가 두텁게 이루어져 그런 분위기가 연출되는 것 같아 스승으로 더욱 흐뭇했다. 내 차례는 순차 연기되었다.

B는 칠십 대가 아직도 현역이라고 뻐긴다. B는 대중교통이 있는 시간인데도 택시로 장거리 광명에 여성 Y를 편하게 데려다주고, 안양집으로 가는 듯했다. 지난번에도 그랬다더니 진짜 죽마고우의 정이 굳게 다져진 것 같았다.

A는 수필 문집을 읽으면서 재미있는 우리 '옛말'도 찾았다며 선생님은 영원한 우리 선생님이라고 치켜세운다. "선생님 수필집에서는 우리 얘기도 섞여 있어 퍽 재밌게 읽었다."라고 덧붙인다. 헤어질 땐 출간되는 수필 문집 4권도 기다리겠다며 선생님의 건필을 기원한다는 인사말도 빼놓지 않는다.

우리가 반세기 전에는 생각하지 못했던 다양한 사회가 펼쳐지며 수도권에서 만남이 이루어지고 있다. 아직은 내가 건강해서 이들을 만날 수 있고 즐길 수 있는 것도 행복한 일이다. 이들도 모두 '건강해서 오래오래 만나면서 행복하게 살았으면' 하는 것은 스승으로 항상 기도하는 마음이다.

– 2023. 10.

문학 경력 한 줄 늘었네!

———"추강 선생님! 『천사대교와 퍼플섬』이 '우수 도서'로 선정되었네요. 우리 대한 문단 작가회도 영광입니다. 아울러 이번 대한 문단 작가상에도 추강 선생님이 확정되셨습니다. 경사가 겹쳤네요. 축하드립니다."

10월 초 어느 날 대한 문단 작가 회장의 문자 메시지다.

필자는 청소년 시절 톨스토이의 『전쟁과 평화』 작품을 읽고 마음 졸이며 깊은 사색에 빠지곤 했었다. 김소월 진달래꽃, 산유화 시(詩) 작품에서도 감수성이 예민했던지 눈물로 공감하며 또 상상의 나래를 폈다 접었다 했었다.

문학은 사람을 어르고, 달래며 들었다 놨다 끌고 가는 마법의 선도자인가 보다. 우리나라에서도 노벨 문학상에 오르지는 못했지만, 근처에서 머물며 준비하는 작가들이 즐비한 것도 현실이다. 이처럼 노벨 문학상 작품뿐만 아니라 언저리에는 숱한 인기 도서로 독자를 사로잡는 작가들과 작품도 많다.

필자는 반평생 교육자로 정년 퇴직하고도 배구 동아리에서 여생을 즐기다가 신중년 칠십칠 세에 체력의 한계를 많이 느껴 자연스럽게 은퇴하고 대타로 늦게 수필 문단에서 할 일을 찾았다. 대한 문학에 등단하여 『두물머리의 추억』이란 수필집을 발간했으나, 창작문학에서 대상(작품)을 받았다.

이어서 출판사에서는 필자의 세 번째 출간 도서 『천사대교와 퍼플섬』을 '우수 도서'로 인정하니 기쁨은 더했다. 필자의 수필집 『천사대교와 퍼플섬』 문집이 때마침 지난해 대한 문단 작가회 시상식 무렵 출간되어 회원들께 기증한 바 있었다. 회장단에서는 훑어보더니 한국창작문학에서 대상 받은 『두물머리의 추억』 수필집도 추심 하니 챙겨 드린 바 있었다.

맨 위 메시지는 이를 종합적으로 심사하여 2023년 제21회 대한 문단 작가상에 필자가 선정됐다는 작가 회장의 선급한 축하 메시지였다.

늦은 나이에 대상자가 많았을 텐데 감동이었다. 우리처럼 경력이 얕은 작가들은 대부분 이 마당에서 활동하다 보면 경륜에 따라 이런 실적이 계급장처럼 불어나기를 바란다. 필자는 아직도 그중의 하나다. 걸출한 문호가 42.195km의 마라톤을 완주했다면 필자는 76㎝의 보폭으로 걷기를 하고 있다고나 할까!

"서당 강아지 삼 년이면 풍월을 읊는다."더니 필자도 등단 칠 년 만에 드디어 문학상으로 작품상(대상)과 작가상, 우수 도서상을 모두 받게 되었다. 많은 독자가 공감한다면 베스트셀러가 되겠지만 아직은 가까이 있는 지우들로부터 격려와 응원을 받으며 한 발씩 띄고 있다.

시작하기에 망설임도 있었지만, 노후에 도전해 볼 만한 가치가 충분하다고 생각된다. 동기생 중 예닐곱 명은 젊어서부터 작품 활동을 하더니 지금은 펜 놓아 은퇴하고 두서너 명이 활동한다. 참 재있다. 한 편씩 문단에 송고하고 출판되기를 기다리며 이번 작품으로 어느 독자와 소통이 될 것인가 기다려진다.

대한 문단 작가상은 2023년 11월 3일 지방지 전북도민일보 '도민 기자 마당' 7면에 필자 외 세 명의 작가가 수상자로 소개되어 세상에 알려진 바 있다.

드디어 11월 24일 시상식 날이다. 오늘따라 기온이 영하로 내려가 옷 선택이 망설여졌다. 시상식장 고양시 일산 '피노' 레스토랑까지 둘째 아들 승용차로 동행했다. 40여 석에 문우와 가족들로 자리가 꽉 메워졌다. 동창회와 배구 동아리에서 보내준 활짝 핀 자주색 양란 두 화분과 전주 친구가 보내준 화사한 핑크 꽃 상자가 식장을 장식하듯 눈에 확 들어온다. 시상식에서는 여성 작가에 이어 필자가 두 번째 수상자로 호명되었다.

"귀하의 높은 문덕과, 수필집 『천사대교와 퍼플섬』의 문향이 온 누리에 찬란하였기로 제21회 대한 작가상을 드립니다." 작가상 글월이다.

다음은 필자의 수상 소감이다.

"대한 문단 작가 여러분! 반갑습니다. 건강하셨죠? 수필 『천사대교와 퍼플섬』 작가, 추강 이행재입니다. 먼저 작가상으로 챙겨주신 심사위원님께 감사 인사드립니다.

필자는 20여 년 전 교직을 퇴직하면서 여러 취미 활동을 하다가 2017년 뒤늦게 대한 문학 수필에 등단하여 『두물머리 추억』 수필집을 출간했었죠. 이를 한국창작문학에서 대상 작품으로 추천되었습니다. 이번엔 한국창작문학에서 『천사대교와 퍼플섬』을 출간하여 우수 도서로 선정됐는데, 대한 문학 작가회에서 작가상을 받게 되었었습니다. 교차가 되었지만 챙겨주시고 배려해 주심에 감사했습니다. 미천한 경력으로 문학상 자리에 자주 오르게 되니 감개무량합니다. 평생 지녀온 경험 속의 추억과 내공을 다듬어 건강이 허락하는 날까지 시(詩)나 수필로 풀어보려고 합니다. 문우 여러분 응원 대단히 감사합니다."였다.

저녁 가족 회식은 중국 요리를 주문했다.

엊그제 한국 야구 시리즈에서 LG가 29년 만에 우승하고 '아와모리' 소주로 축배하는 것을 보았다. "아와모리 소주는 그런 경사 때 축배 하는 술인가 보다." 하면서 우리 가족도 덩달아 주고(酒庫)에 잠자던 2000년 한정 산, '아와모리' 소주를 23년 만에 개봉, 한잔씩 건배로 자축하며 즐겼다. 제21회 대한 문학 작가상은 필자의 문단 경력란에 한 줄을 늘였다.

- 2023. 11.

넷 회장의 후일담

—— 20세기에 들어서자, 타향살이가 많아졌다. 다양한 산업의 발달과 급속한 외래 문화의 도입이 불을 짚 폈다. 그 타향살이에는 6·25로 인한 실향민들이 대표적이다.

필자도 수도권 인구 집중 시기에 고향을 뒤로하고 직장을 수도권으로 옮겨 서울 생활을 시작한 지 사십 년 채워간다.

십여 년은 직장 따라 이리저리 옮겨 다니다가 마지막 퇴임하는 학교에서는 남은 정력을 몽땅 쏟아붓게 되었든지, 아니면, 좋은 환경에 우연의 일치로 좋은 인재를 골고루 만났는지, 말로 다 하긴 어렵지만, 그 동료와 퇴직 후에도 수십 년을 한 덩어리가 되어 고향 친구처럼 어울려 소통하다 보니 고향 같은 타향이다.

한일 월드컵 때, 주제곡에 따라 '손에 손잡고' 결성된 배구 동아리가 첫째다.

세월이 지나면서 주체 세력은 장년 되어 물러나고 신진 청년들로 신입 구출이 되니 자연스럽게 세대 교체가 된 셈이다. 그러나 이름은 변하지 않고, 다리문 배사모다.

그 배사모 역대 회장 넷이 우연히 한자리에서 만났다.

역대 회장은 배사모에서 물러나, 배사모 시니어(Senior)로 둥지를 틀었다. 시니어는 현역에서 물러났지만, 앞에 배사모를 붙여 추억을 되살리고 친교를 유지한다. 회원들은 영호남, 선후배, 수도권 지방, 교대 일반대 구별도 없이 구성원들 간 통합이 잘 이루어지고 있다.

오늘은 자연스럽게 1~4대 회장이 한자리에서 만나 한 잔 기울이며 지나간 회장 시절 희로애락의 잊지 못할 추억거리가 많다며 나름대로 손꼽히는 것을 들춰내어 업적을 자랑하는 자리가 됐다. 그 이야기는 회장과 공적이 동시에 떠오를 것이다.

필자(전주 사범)는 당시 유일한 퇴임 교장으로 초대 회장에 쉽게 추대되니 오직 전력으로 배사모 동아리 관리에 심혈을 기울일 수밖에 없었다. 그러다 보니 본의 아니게 회장 임기 2년을 여섯 번이나 연장하면서 장기로 왕 회장 별명을 달고 먼저 배구는 물론 친목 위주로 우의를 다져 조직을 견고히 하였으며 회원 상호 간 애경사도 챙겼다.

연 2회 전국 순회 전지훈련 제를 창시하고 최초로 필자의 고향 전주를 선택하여 시행하면서 전통을 굳건히 세웠는데, 그는 이제 와 보니 40여 차례로 추억의 샘이 되었다. 배사모 창간 문집 1호(10년사)를 발간하여 배사모 가족(부인)을 모신 가운데 출판 기념회가 인상적이며, 배사모를 후원하는 주변 인사들에게 문집 기증으로 홍보하며 축하를 받은 것도 자랑거리다. 필자는 배사모 현역에서 물러나면서 늦었지만, 수필 시 장르에 등단하여 수필집을 연거푸 출간하고 이에 따르는 수상도 있었다.

2대 회장 (인천 교대)은 체육관을 찾아간 학교장이다. 그간 전용

체육관이 없어 모임 때마다 체육복, 신발 가방을 메고 옮겨 다녔
는데 애로사항이 해결되어 매우 편리하였다. 체육관 때문에 더 좋
은 학교 차지도 사양했었다. 때로는 현장의 어머니 배구단과 친선
경기 추진은 동아리 활동의 활력소였다.

회장 중심에서 사무국장 체제로 바뀌면서 전지훈련 사전 답사
등 짜임새 있는 단체로 운영되었다. 2대 회장은 사회 단체장으로
선임되면서 지역 사회에 교원 배구 동아리의 홍보와 위상을 크게
드높였다. 역시 배사모 문집 2호를 발행하여 전통을 수립했다.

3대 회장(목포 교대)도 체육관 있는 학교장으로 옮겨 체육관 사
용 연간 계약 체계로 사용료 납부하고 떳떳하게 사회 체육 일환으
로 활동하였다. 이 기간에는 마침 코로나 역병에 활동 제한으로
해체될 고비도 있었으나, 인터넷으로 회원들과 번질나게 소통하면
서 배사모 문집 제3호 발간에 노고가 컸다. 퇴직하고 서예 연수로
제작한 작품을 지자체(郡)에 기증하여 청사 현관을 장식하고 있다.

제4대 현직 회장(부산 교대)이다. 배사모의 조직이나 팀 색깔이
현저하게 달라진 4기다. 금녀(禁女) 구역 배사모 문을 활짝 개방하
여 여성 회원이 상당수 가입되었으며, 월 2회 하던 배구 모임을 월
4회로 늘리고 전문인 코치로부터 훈련을 받는 체제로 전환되었다.
친목에서 경기 위주로 대회 출전도 가능하다.

삶을 살아가는 데는 건강이 제일이다. 이에 속 터놓고 지낼 수
있는 진실한 친구까지 얻는다면 금상첨화다. 직장에서 만난 교우(
校友)들이 직장을 떠나도 배구 인연을 놓지 않고 친목과 건강을 다
지며 오래 이어 오는 것은 흔하게 볼 수 있는 일은 아니다.

동아리 충원은 만장일치 방법으로 갖춰진 인재들이었다. 역대
회장단들의 솔선, 희생, 봉사, 노고는 배사모의 대명사다. 그에 힘

입어 지속 발전하고 있다.

좋은 친구가 많다 보면 고향이 따로 없다. 그들과 모여서 대화하다 보니 고향의 친구 같아 자랑스럽다.

– 2020. 3. 10.

손자 육군 입영

―― 가을은 탓하지 않고 서울 중랑천 둑길에도 내려앉았다. 새파랗던 나뭇잎이 울긋불긋 물드는가 싶더니 오늘은 소슬바람에 낙엽 비가 머리 위에 뿌려지니 말이다.

이곳은 매일 오후 이 시간에 명색 필자의 걷기 운동 코스다. 반환점에 거의 다다르자, 호주머니에서 '카톡' 신호가 울려 어르신들 장기, 바둑 두는 쉼터에 걸터앉아 핸드폰을 열어보니 작은 손자다. 그는 평소에도 무슨 일이 있을 때는 문자 메시지로 안부를 묻기도 하고 조곤조곤 할 말을 써 내려 갔다.

오늘 전화는 "할아버지! 안녕하시지요? 다름이 아니오라 제가 10월 6일 군에 입대하는데요. 그전에 할아버지 찾아뵙고 싶어서요. 그리고 할아버지 댁에서 하룻밤 자려고 하는데요. 괜찮을까요?" 물었다.

"우리 손주구나! 암, 그렇고 말고…. 그렇게 해야지!" 신통하고 대견스러워 얼른 문자를 보냈다. 자기의 생각인지 어미·아비의 부추김인지 가늠할 바 아니고 요새 아이들답지 않게 입영한다고 할

아버지 찾아뵙는다는 것이 쉽지 않거늘, 더군다나 하룻밤을 묵고 간다니 기특하기 이를 데 없었다.

손자는 군대에 가겠다고 휴학하고 귀국하여 손발 마음 가는 대로 '맘껏 놀다 가야지!' 하며 몇 개월 친구들과 떼 뭉쳐 놀았다. 같은 목적으로 귀국한 또래들은 시나브로 하나둘 군(軍)별로 입소했는데 실컷 놀다가 마지막 육군 입영열차를 타는 것 같다. 물론 중간 두어 달은 빡센 아르바이트로 값진 체험도 하며, 용돈도 모았단다.

그러던 중에 어미는 논산 훈련소에 입소하게 되어있는 아들을 늦게 사 마음이 바빠져 하루라도 빨리 입소시켜야겠다고 앞당긴 것이 강원도 철원으로 입소가 변경됐다. 다른 염려가 아니라 더 추운 지방에서 겨울에 훈련받는다는 것이, 유독 추위에 취약한 애를 가족들은 염려한다.

그가 입영 인사는 물론, 군대 경험을 듣고 위로받고 싶겠지만. 할아버지 60년 전 군대 생활은 소설 속에 이야기고, 그쪽으론 한국군은 아니지만, 지난해 카투사에서 제대한 그의 사촌 형이 기다리고 있어 만나면 도움이 될 듯하다.

그가 12시경 도착해서 점심 메뉴를 물어보니 '춘천 닭갈비'에 입맛을 다신다. 유학 생활에서는 좀처럼 없었던 음식인가 언젠가도 와서 맛있게 먹던 메뉴다. 마지막에 솥 바닥에 꺼무데데하게 눌어붙은 누룽지 같은 밥알 긁어먹는 것을 좋아했다.

이어 커피집에 들러 내가 물었다. 너의 "아빠 엄마는 네게 무슨 말 하더냐?" 아빠는 "남자 또래들만 모여 부딪치며 생활하는 기회라 좋겠다."라고 편안히 말했습니다. 또 군대에서는 "축구 족구를 많이 하는데 축구 좋아하는 너는 신나겠구나!" 하며 얼러 주었습니다. 엄마는 "논산훈련소로 가도록 그냥 둘 것을 며칠 앞당긴다고 추운 곳에서 훈련받게 된 것이 못내 안쓰러운 표정으로 후회와 걱정을 했다."라고 말한다.

어느 날인가 가족이 TV 중계 방송을 시청하고 있었단다. 항저우 아시안게임 축구 결승 한일전에서 한국이 가까스로 골을 널 때 가족들은 환호하며 손뼉을 치는데 '엄마 표정이 냉랭'하여 그가 말했단다. "엄마 응원해야지!" 하며 손뼉 쳐주기를 바라는데도 뾰로통한 표정이다. "엄마! 왜 그래!" 했더니 "저 애들은 이 경기 이기면 군대 안 간다며? 후보 명단만 끼어도 같은 혜택이라며?" 별명이 축구광 아들의 입영을 앞두고 시샘이 난 듯 아들 앞에 놓고 몹시 못마땅한 표정으로 "차라리 지면 좋겠다."라고 엉뚱한 대답을 하더란다. 입영 앞둔 자식에게 깊은 모성애가 어깃장으로 표출되는 순간이다. "엄마 그러나 그건 아니지! 한일전인데… 엄마가 왜 한일전을 몰라?" 하신다. 대한민국 여느 어머니처럼 아들이 군대 가는 것을 매우 안쓰러워하는 심정이 한마디에 몽땅 실려 나타난 구절이다.

그들 사촌 형제와 도란거리더니 밤 12시 30분에 시작하는 프랑스 축구 파리 생제르맹 이강인 선수를 응원하며 치킨을 주전부리로 카투사 경력의 통상적인 군대의 수칙을 밤늦게까지 주고받았으니 불안 해소에 얼마나 도움이 됐는지는 손자 몫이다.

필자는 손자에게 당부했다. "이 나라에서 정상적인 남자가 제 나이 차면 누구나 병역 의무로 국방 의무를 지게 되지 않더냐! 국민의 의무니까 불만이나 두려운 생각 갖지 말고 18개월 근무하는 동안 군율과 질서 속에 안전사고 없는 건강한 생활이면 최고다. 또한, 일반 사회에서 얻지 못한 경험과 체험을 동시에 얻어 사회생활에 유익하게 활용할 기회라고도 긍정적으로 생각하면 군대 생활이 보람 있을 것이다. 정해져 있는 기간 즐겁고 건강하게 복무하다가 제대하길." 당부했다.

올 땐 혼자 전철을 갈아타며 찾아왔건만 돌아갈 때는 서울 전철 1호선, 중앙선, 왕십리에서 수인분당선으로 환승시켜 안전하게 선릉역에 하차, 귀가하도록 승차시켜 주고 돌아오는 것은 극성스러운 할아버지 노파심인가 보다.

어미에게 위로했다. "아들 군에 보내는 어미 마음은 대동소이할 것이다. 심지어 어느 어머니는 '갈 수만 있다면 대신 가겠다.'라고 푸념도 했다지만, 극한 모성애의 표현이 아니겠느냐! 준수는 더 어렸을 때 외국에서 혼자 공부할 때도 있었는데…. 군대에 가는 아이 마음에 걱정 아닌 용기를 주도록 어미도 안정하는 것이 좋겠다. 준수는 평소 성격이 차분하고 별명이 '법 준수' 아니더냐! 일상이 바른생활맨이었으니 무난하게 마치고 돌아올 것이다. 입소길에 배웅하려고 생각도 했지만, 대신 왕십리까지 데려다주는 것으로 찾아준 손자에게 할아버지 사랑을 전했다. 마침 아비 어미가 같이 배웅한다니 잘됐다. 오직 무운만 빌 뿐이다." 입영 날 아침에….

– 2023. 11.

거긴 경기도 강남이다

―― 박(珀) 씨 물고 온 제비도 강남(江南)에서 왔다지! 서울의 강북에서 한강을 건넜다고 모두 강남이라고 하지는 않는다. 구태여 구분하자면 한남, 반포. 동호, 성수대교 등을 건넌 남쪽 지역이 강남 중심이다.

그곳은 땅, 집값이 천정부지요. 부자와 돈이 넘치고, 교육도 팔학군이라며 치맛바람도 이는가 하면, 유명세 내는 인사들이 득실거리는 문화 지역으로 부티가 넘쳐난다.

지방 어느 곳에서는 강남에서 왔다고 해야 서울 사람으로 안다는 웃지 못할 농담을 만든 지역이다.

동아리 회원 막내가 경기도 구리 남양주 지역에서 교사 교감으로 이십여 년 근무하다가 이번 경기도 교원 인사에 교사들의 희망인 교장으로 승진하여 하남(河南)시 H 초교에 부임했다. 즉 한강 북쪽에서 한강 남쪽으로 건넜으니, 거기도(경기도) 강남이라고 우스갯소리를 했다. 즉 하남(河南)이나 강남(江南)은 한자 뜻으로는 물 남쪽으로 비슷한 말이니 하남을 경기도 강남으로 해도 틀린 말 같지는 않았다.

남양주에서 미사나 팔당대교를 건너면 하남인데, 미사대교를 건
넜기에 (경기도) 강남 교장으로 얼러 주며 승진 축하 떡으로 인절미
한 박스를 맞춰 싣고 찾아갔다. 밀레니엄 새천년에 필자가 이웃 구
리시 학교에 근무할 때 만 해도 이곳 하남 지역은 인구 20만이 채
안 되는 구리시와 엇비슷한 시세(市勢)였다. 그런데 토지 제한 구역
이 해제되고 서울 지하철 5호선이 시계를 뚫고 하남 검단까지 연
장 개통되자, 완전 서울 생활권으로 바뀌면서 아파트와 인구는 덩
달아 치솟아 인구는 당시보다 두 배가 넘듯 38만을 웃돌았다.

하남은 경기 강남의 신흥 도시로 주목받는 도시임엔 틀림없어
보였다. 이와 같은 지역의 새 학교는 어떠한지 시가지 한복판을 헤
집고, 깊숙한 아파트 속의 학교를 찾았다. 교사(校舍)는 영어로 H
자 모양의 헬리콥터 자리 같은데 선(線)과 면(面)의 조화로 얽히고
설켜 아기자기한 형태로 꾸며졌다. 아파트에 둘러싸인 학교로 50
학급을 넘었으니, 교감도 당연히 두 분이셨다. 교장실도 20평 교
실 한 칸 규모인데 요즘은 김영란법이 다듬어져 승진 축하 화분이
마음 놓고 실내 둘레를 차지하고 있어 화려했다. 그 옛날 교육장실
에서나 보던 원탁 응접세트가 교장실에도 파급된 것이 구시대 교
장으로서는 격세지감이다.

정면에는 국정 지표 등 너절너절한 형식의 구호는 보이지 않고
태극기만 단정하게 홀로 애국하고 있었다. 교육 행정실이 옆에 있
건만 손님과는 무관하여 차 대접은 교장이 손수 차와 커피를 희
망 받아 차려내곤 했다. 5층까지는 엘리베이터가 두 대가 작동하
여 둘러보기 편했다. 특별 교실 곳곳의 방과후교실에 접근해도 학
생들은 '손님은 손님, 나는 나' 한눈팔지 않고 하던 작업에 집중하

고 있었다.

교육 당국에서는 '교육청 산하에 지방교부세가 많아 자금이 넘친다고 교육부에서는 대학으로 넘겨줄 것을 채근'하는 보도를 보았는데 입증이나 하듯 제반 시설이 골고루 알차게 갖춰져 있는 것이 훤하게 보였다. 학생 수에 비해 운동장은 협소하나 대부분 체육 활동은 체육관에서 이루어져 도시 한복판에 넓은 운동장 만들기는 쉽지 않을 것 같았다. 100m 직선 달리기 외의 체육 활동은 모두 체육관에서 가능하기 때문이다.

최근 메가 시티 바람이 불어 하남시가 서울로 편입되면 "서울교장 되겠다."라고 어르는 말에 "안 갈 수만 있다면 수도권 남양주에 남고 싶다."라고 쉽게 대답한다. 시대가 바뀌어 복잡한 도시 교장보다 한적하고 조용히 놀던 물, 수도권 교장을 선호한다는 이야기다. 서울 등 대도시 진입에 발버둥 치던 시대도 저물어 가고 말썽 적고 아담한 학교를 선호하는 모양새다.

요즘 학교 분위기를 대변하는 소리 같다. '밥은 학교에서 먹고, 공부는 학원에서, 스승과 제자가 있던 학교가 선생과 학생만 있고, 선생은 학생의 폭력과 희롱의 대상이며, 학교는 학부모에게 고발당하는 교권 추락의 교육 현장, 어떻게 된 것인지 '교육은 곧 사랑'이라고 실천한 우리 세대에겐 허탈함이 감돌았다. 이런 환경이 대도시일수록 많고, 다인수(多人数) 학교일수록 비일비재하다니 교장도 자연히 소규모 학교를 선호한다는 것은 나무랄 수만 없는 일 같았다.

사제(師弟)라는 명맥이 학교 분위기로 감돌 때 외부 손님이 학교에 들어서면, 반갑고 따뜻하게 "안녕하세요." '고, 미, 안, 수[1]'를

---

1) 고, 미, 안, 수: '고맙습니다. 미안합니다. 안녕하십니까? 수고하십니다.'의 인사 용어 첫 글자

바탕으로 인사를 했건만, 선생과 학생 시대는 대부분 그냥 방문객으로 냉랭하게 스쳐 지나가는 학교 풍토가 되었다.

온기는 없고 냉기만 흐르는 요즘 학교 분위기에 C 교장의 교육 철학과 경영 방침이 환영받고 그의 남다른 친화력과 융통성이 무기가 되어 어려운 시기 운영의 묘수로 박수받는 교장 되길 기원했다.

방문단은 회식하면서 그래도 "우리 때가 아기자기하며 오순도순하게 두루뭉술이 좋았다."라고 지난날을 회고한다. '너무 맑은 물에는 고기가 살기 어렵듯이' 중용이 좋다. 스승과 제자는 없고 선생과 학생만 있는 시대가 너무나 살벌한 것 같아 이대로라면, 졸업 후에 챙기던 '스승 찾기, 동창회 스승 초대'라는 보은(報恩)이 딸린 단어는 사전에서 휴면 상태가 될 것만 같았다.

- 2023. 11.

통반장과 하루를!

———— 동장도 아니면서 통장 둘과 너덧 시간 삶의 애환에 잡담 섞어 털어놓고 즐겼다.

자칭 낀 세 대 반장(학급)도 끼어 더욱 활기에 찬 분위기였다. 그들은 54년 전 지방 도시에서 필자와 사제 인연으로 반세기 추억을 쌓아온 사이다.

어느덧 할멈 제자가 통장으로 손주 자랑에 시간 가는 줄 모른다. 실은 만남의 약속이 코로나 바이러스로 한 삼 년 지연되어 지각 만남이 되었다. 필자가 팔순이 되던 해 느닷없이 서울 창동 어느 한정식집에서 미역국에 케이크를 자르며 필자 팔순을 축하해 주던 날, 감격해 "제자 회갑은 스승이 챙기겠다."라고 했던 말이 코로나 방역으로 실없이 삼 년을 지나 한참 늦은 만남이다.

경기도 의왕시 백운호수 가에 고즈넉한 한정식집이다.

수도권 중소도시의 통장 A는 경력 있는 국악 연주자로, 경로 잔치에 고정 출연하며 '어르신 위로하고, 이웃 보살피며 어려움을 동장과 협의하여 주민 편에서 해결해 주는 중간 심부름꾼'이라고 자칭한다. 오늘도 심심치 않게 전화벨이 울리는 것은, 기초 생활 보장 수급자와 독거 노인을 위해 김장했는데, 배분 문제 때문이란다. 그중에는 조사가 잘못되어 받은 물건을 되파는 문제가 있어 이를 상세하게 자료를 조사하여 정리하기 위해서 전화가 많다고 귀띔해 준다.

전에는 통장에게 "신문도 넣어주고 약간의 혜택도 있었는데 요즘 어떠냐?"라는 물음에 어디에서 온 기준인지 "13급 준공무원으로 월 30만 원 받는다."라고 천연스럽게 대답해 박장대소했다. 그러면서 또래보다 몇 살 많아 며칠 전부터 지하철 '지공 선사'가 되어 경로석 대접받으며 지내게 되었다고 너털웃음을 웃었다.

또 다른 B 통장은, 환갑 넘어 노년 가수가 되겠다고 법석이다. 어릴 적에도 노래를 좋아했지만, 그냥 지켜보다가 요즘 방송에 어느 노년 가수가 손녀급들과 어울려 춤추며 노래하는 모습에 홀딱 빠져 '나도 따라 한번 해 보려고' 이 방향에 발을 디뎌 오디션 하면서 바쁘게 지낸다고 근황을 말한다.

준비하는 가요 곡명은 "웃으면서 살리라."란다. 조금 일찍 시작할 걸 하면서도 녹음 취입 하기에 신바람이지만 한편 따르는 경비 챙기는 것도 만만치 않다고 말한다. 그도 역시 통장업무 때문에 자주 전화가 걸려 오는데 통·반 민원 사항이란다. 한 달 30만 원을 거저 받는 것이 아니라는 것을 증명이라도 하듯 전화를 자주 받는다.

그는 또 겹경사로 로또 판매점 얻기가 로또 당선되는 것처럼 어렵다는데 새 아파트 단지에 입점 허가를 받았다며 만면의 웃음을 짓는다. '선생님께서도 로또 복권에서 행운도 받으시라고' 홍보성 덕담으로 너스레를 떤다.

영원한 반장(학급)은 오늘 만나기 위해 대전에서 아침에 승용차 몰고 왔다. 그는 속담을 뒤집어 놓은 장본이다. '학교 우등생은 사회 열등생'이라는 말을 엎어 놓았으니 말이다. 학교 우등생으로 수년 반장(班長)을 하더니 사회 우등생으로 평생 반장을 한다. 오늘 모임도 그가 대전에서 주선하여 안양서 만나기로 추진해 만난 것이다.

그의 곁에는 늘 친구가 붙어있지만, 소리 없이 이끌고 챙기며 공(功)은 돌려주는 센스가 있다. 통장이 임기제라면 우리 반장은 임기도 없어 졸업 후에도 쉼 없이 소식 퍼 나르며 지내온 영원한 반장(班長)이다. 그의 최근 근황을 들었더니 펜션 사업으로 군산을 오가는데 사업 수완이 별로라 노후 대책으로 묻어놓고 지낸다.

그들은 자리를 정리하면서 필자에게 '칼란코에'라는 노랑꽃 화분과 '비오템' 화장품 세트를 덥석 안겨줬다. "이런 짓 인제 그만하자니까…!" 나무라기도 했지만, 칼란코에 화분에는 "늘 받기만 한 사랑, 감사합니다. 그리고 사랑합니다."라고 적힌 보라색 리본이 매여있었다. 관리하기가 쉽고 실내 공기 정화에도 도움이 된다고 한다. 꽃말이 '희망, 기다리는 마음' 등 의미가 있어 들고 왔다고 덧붙인다.

'화장품 비오템은 선생님 연세, 피부에 알맞은 성분'의 프랑스 제품이라 하는데 소개말이 귀에 엉겼다. '코코네로 베이커리' 카페에서 커피잔에 대화 묻고, 시간 가는 줄 몰랐으나 낀 세대 반장은 올라온 김에 아들 병원에서 치아 점검하고 내려간다기에 서둘렀다. 아쉽지만 다음 만남을 위하여 건강 잘 지키자며 헤어졌다.

돌아오는 길 전철 안에서 띄운 필자의 메시지

"54년 전, 제자들! 손자들 돌보는 60대 할멈들! 이젠 처지가 바뀌어 도리어 안내받는 때가 되었네! 말도 예의도 격에 맞게 잘도 하더라! 스승이 모처럼 챙긴 점심 맛은 어쨌는지 모르겠다. 분위기는 아주 좋았는데! 반장은 대전에서, 이곳 통장들은 바쁜 시간 낸 것으로도 만족했는데, 선물까지…. 건강해야 다음 또 만나겠지! 건강 잘 챙기고 행복들 하시게!"

반장: "선생님! 감사합니다. 오늘 너무 즐거웠어요. 아직 치아 점검 중입니다. 예약 안 한 관계로~ 사이사이~ 우리 선생님! 오래오래 건강하세요."

통장 A: "선생님! 덕으로 모처럼 하하, 호호 너무 좋았어요. 따라 주신 소주 맛은 달고 점심 특선 맛도 좋았어요. 건강히 잘 지내시다가 오늘같이 멋진 모습 또 보여 주세요. 행복했습니다. 선생님! 건강하세요."

통장 B: "선생님! 『대한 문단 작가상』 진심으로 축하드립니다. 자리에 참석은 어렵지만…. 건강하셔서 좋은 글 오래오래 많이 쓰세요. 감사합니다."

　　많은 스승이 자주 겪는 일을 필자도 오늘 경험했으며, 사제(師弟)가 같이한 시간이 참 반갑고 행복했다. 사람은 인연으로 살아간다더니 나는 전직 교육자로서 여러 제자와 인연을 맺고 살아가는데 오늘도 그중 하나 끊기지 않은 인연이 날 웃음 짓게 해줬다.

- 2023. 11.

하사주(下賜酒)

_____ 하사(下士)는 군인 계급만 있는 것이 아니다. 이런 하사(下賜)도 있다. 즉 '왕이나 국가원수처럼 신분이나 지위가 높은 사람이 신하나 아랫사람에게 주는 금품이나 물건 따위를 말할 때 쓰는 사전적' 하사 말이다.

그런데 요즘 대통령 하사품은 흔하지 않지만, 명절 때 요로 인사에 선물하는 지방 특산품이나, 100세 되는 노인에게 챙겨주는 청려장(青藜杖) 등이 얼른 떠오른다. 직장 상사나 지체가 높으신 분이 주시는 것도 흔히 하사품이라고 하는데, 그중에는 가장 많이 쓰는 하사품으로 술(下賜酒)이 있다.

세월이 가고 가도 잊히지 않고 필자의 기억에 박힌 하사주를 더 들어 보고 싶다. 60~70년대 필자가 지방의 국립 초등학교에 재직할 때니까 얼추 반세기가 되었다. 수입품이 제한된 시절이라 밀수품 양주는 감춰놓고 팔고, 술꾼들은 숨어서 홀짝거리기가 일쑤였다.

겨울 방학이 시작되자 학교장은 뜻밖에 남교사를 두 반으로 나누어 충청도, 경상도 지역에 출장 명령을 내렸다. 출장 목적은 '그

지역 본교와 같은 국립초등학교 인사 원칙을 알아보고, 그 인사 원칙에 따른 일반적 반응 등을 살펴보는 임무다.' 국립학교장은 유일하게 당해 학교 교원 인사권을 챙길 수 있었다.

국립학교의 교사 전입은 교육감 추천으로 교육대학 총장이 임명하지만, 실제로는 거의 소속 학교장이 결정한다. 인사기가 되면 막강한 권력과 불가피한 외풍에 학교장은 골머리를 앓게 되는 때가 많으니 같은 조건인 다른 학교에서는 어떻게 대처하여 시행하고 있는지 정보를 얻기 위한 출장이었다. 자리는 한정돼 있고 대기자 이력서는 쌓여있으니, 권력에 저항하는 교육자의 속성상 객관적 합리적인 인사 원칙하에, 간섭받지 않고 학교에 필요한 교사를 골라 임명하고자 공정과 상식에 입각한 인사 원칙 만들기였을 것이다.

교사들이 국립학교를 선호하는 이유는 제각각이겠지만 첫째로 교육학, 교육 원리에서 배운 대로 교육 환경이 제대로 갖추어진 곳에서 교육 이론을 실천해 보고 싶은 욕망, 잡무 없이 교육 과정 상설 실험·연구 학교에서 오직 교육에만 전념해 보고 싶은 소망, 따라서 부수적으로 챙겨지는 승진에 가산점이 고려됐는지도 모른다.

출장이 거의 없는 본교에서는 모처럼 휴가 기간에 학교장이 베푸는 선심성 위로 출장 같지만, 사실은 학교장 고민을 해결하는 방법 찾기의 막중한 업무 출장이다. 1반은 충청도 K와 C의 교대 부속이며, 필자는 제2반으로 경상도 D와 J 교대 부속이다. 반원은 6명씩. 새벽에 출발할 때 학교장이 터미널에 배웅차 나오셔서 무엇인가 들어 있는 종이 가방을 반장에게 건네면서 당부하고 들어가셨다. 종이 가방 속에는 당시 시중에 밀수품으로 횡행하던 미국산 양주 죠니워카(johnnie walker) 블랙 한 병과 육포, 종이컵 몇 개만 들어 있지만, 의미가 막중한 하사주(下賜酒)를 받게 된 것이다.

고속버스는 서너 시간 지루하게 달려 동대구 고속버스터미널에 도착했다. A 교사는 고속버스에서 급히 내려 화장실 가려고 종이 가방을 대기실에서 내려놓는다는 것이, 종이 가방끈이 무게를 버티지 못하고 떨어짐과 동시에 술병도 시멘트 바닥에 부딪혀 깨지니 술은 줄줄 샜다. 당황하여 어찌할 바 몰라 얼굴은 금방 사색이다. 삽시간에 흘러내린 술과 깨진 술병을 누가 볼까봐 종이 팩에 주섬주섬 쓸어 담아 얼른 송두리째 쓰레기장에 던져버렸다. 술맛을 보지 못한 서운함은 제쳐 두고, 명색 사명을 띤 출장에서 "학교장 하사주를 부주의로 박살 냈으니 분명 불경죄(不敬罪)가 아니겠느냐!" 자책 심에 침울한 표정들이다. '하사주는 아무나 맛보는 것이 아닌가 싶다며' 허탈한 표정을 지었던 때가 떠오른다.

오늘은 필자가 주관하는 회식이다. 25~26년 이곳에 생활하면서 주위에 같이 지낸 전직 동료와 동아리 임원을 불러 송년의 자리다. 그들과 인연이 되어 즐겁게 생활한 관계로 '오늘날 내 건강과 행복이 유지된 것이 아닌가!' 생각하면 그들이 항상 고맙고 사랑스러웠다. 송년 모임의 경비 부담은 필자가 하고 싶다는 뜻이다. 12월 12일 참석 인원도 공교롭게 열두 명, 장소는 오리 전문 요리 집이다. 참석자는 모두 필자보다 연하이므로 자연스럽게 좌장 격이다.

필자의 첫 마디, "반갑습니다. 12월은 공사(公私)가 바쁜 달인데 시간 내주셔서 감사합니다. 필자는 짧게는 10여 년 길게 26년 여러분과 인연이 되어, 하는 일마다 재밌어 건강과 행복을 챙겼습니다. 학교 생활 및 배구 사랑 이야깁니다. 그중 사십여 차례, 전국 배구 전지 훈련은 영원히 잊지 못할 추억 덩어리입니다. 특히 연가까지 얻어 2박 3일 제주도 배구 전지 훈련은 우정 쌓고 소통하는 데 결정적 계기였습니다. 이제 형제처럼 된 정(情)과 건강을 술잔에 담아 송년의 건배를 하려고 합니다." 하고 매실 담금술병을 들어 올렸습니다.

"이 술은 광양 홍쌍리 매실로 10년 전 전주 친구가 담금술인데 지난 필자의 작가상 시상식 연회의 건배주로 고속버스 택배가 가져온 술입니다." 옆자리부터 술잔을 채우는데 느닷없이 B가 "왕 회장 하사주다. 멋지다!"라고 함성을 지른다. "아닙니다. 이 술은 하사주가 아니고, 여러분과 건배하고 싶어 챙겨 온 건배주입니다." 하고 잘라 말했다. 그리고 건배사는 "건강에 우정이 행복이다. 위하여!" 하사주에 얽힌 야릇한 추억을 기억하며, 우정과 건강을 챙기자는 건배주로 이름을 붙였다.

참석자들은 초대받아서인지, 필자를 과분하게 칭찬했다. C는 "왕 회장님! 이십여 년을 한결같은 열정으로 배사모와 작품 활동에 전념하시는 모습은 저희에게 무언의 가르침이십니다. 부디 오래도록 건강하시어 배사모 응원과 작품 활동을 꾸준히 이어가시는 것이 저희 모두의 소망입니다."

회식이 끝나갈 때는 배사모 회장이 자진 종배(終杯) 제의한다며 "노후는 ○○처럼! 위하여!" 하며 술잔을 부딪쳤으나 조심스러웠다. 이렇게 하다 보니 하사주 이름보다 건배주 이름이 훨씬 더 좋았다.

− 2023. 12.

다들 고만고만하구먼!

_____ 만나는 장소, 레스토랑을 예약하려다 보니 지난해 이맘때도 이 친구들을 여기에 불러 모아 한바탕 시끌벅적했던 기억이 떠오른다.

그땐 마침, 필자가 『천사대교와 퍼플섬』이란 수필집을 출간하고 기증하면서 동창 친구 열한 명에게 조촐하게 점심 대접을 했었던 곳이다.

올해는 마침 그 수필집이 '대한 문단 작가상'에 올랐다. 지난 11월 24일, 고양 일산 '피노' 레스토랑에서 시상식이 있었지만, 거리와 교통 관계상 친구들을 거기까지 초대하긴 서로가 부담스러웠다.

대신 보내준 축하 화분 자주색 양란이 활짝 웃으며 대신 자리를 지켜줘 고마웠다. 오늘은 그의 답례 겸 송년회에 점심을 대접하며 이런저런 이야기로 웃어보고 싶은 자리다. 해가 갈수록 하나둘 떨어져 나가 귀하게 된 동기생 친구들과 송년 모임을 서울 지하철 1, 6, 7호선 석계역 주변 우리 마을에서 연거푸 두 번 주관하게 되는 것은 필자로서는 대단한 영광이다.

이달 들어서자마자 동기생 중 또 하나가 유명을 달리한 영상 메시지가 떴다. 학생 시절 소풍 날에는 어김없이 엉뚱하게 소리꾼으로 변하여 심청전, 춘향전 중 한 자락을 질펀하게 깔아놓아 박수받던 S가 세상을 뜬 비보다. 오랜 기간 투병한다더니 결국 때가 됐음인지 일어나지 못하고 영원히 눈을 감고 말았다. 반면 오늘도 제발로 거뜬히 걸어 나와 웃으며 손잡는 우리가 S를 생각할 때 어쩌면 살아있는 행복함을 음미해 보는 순간인지도 모른다.

'젊은 노인(young old)'을 이른바 '욜드' 시대(65~75세)라 한다는데, 우린 그때까지만 해도 여자 동기생과는 서로 학창 시절 분위기가 이어져 이성(異性)으로 '너는 너' 하고 무덤덤하게 스쳐 지나가기 일상이었다. 그러다가 '욜드' 시대를 벗어나자, 갑자기 하나둘 떠나는 동기생들이 늘어나고, 희귀성이 밀려와 여자 동기생에게도 진실한 공학의 의미가 뒤늦게 어렴풋이 되살아나 관심과 동정이 손짓했다.

구태여 성(姓)을 따지지 않고 그냥 남녀가 친구로, 요즘 뜨는 말로 '여사친 남사친'이 되고 말았다. 필자의 학창 시절은 지금처럼 활짝 열린 남녀공학 분위기가 아니라 반쯤만 열린 유교 냄새가 짙은 형식적 공학이었다. 같은 선생님, 전체 강당조회, 일주일에 두 번 특별 활동 시간을 같이했던 그런 것들이 공학 인연의 전부로 기억난다.

팔십 대가 되니 어르신, 또는 선배 어르신이라고 많이 듣는다. 인생을 달관한 시기로 주저함이 덜 하는 것은 물론이지만, 얼마 남지 않았음도 예고해주는 단어 같다.

옛날이 자주 그리워지니 멀게만 여겨졌던 친구가 가까이 와있고, 무관심의 여사친도 어른거린다. 가물거리던 옛 추억이 새롭게 살아나는 것을 보면 "늙으면 추억 먹고 산다."라더니 우리가 그 경지에 이른 것 같다.

오늘 이 자리를 같이하기 위하여, 아주 먼 길 찾아온 친구가 더욱 반가웠다. 강원도 홍천의 J, 충남 천안의 또 다른 J, 김포의 Y, 군포의 K, C 멀고 어려운 길이었다. 그들의 건강이나 모습도 다들 고만고만, 오십보백보였다. 나잇값 그대로다.

보이지 않는 K는 작년 이맘때 헤어지면서 필자에게 하던 말 "내가 계묘 신년 하례회는 주관 할 테니, 추강은 계묘년 송년회도 또 맡아주시게!" 농담 같은 요구에 난 무심코 "그렇게 하지!" 대답했었다. 그런데 내 쪽은 약속 장소에서 나와 진행하고 있건만, K가 베푸는 약속은 지키더니, 내게 요구했던 약속은 잊고 선영 따라 아주 먼 길로 샜구나!

메뉴로는 치아가 부실하여 질긴 불고기는 인기가 없다. 국물 있는 갈비탕, 우족탕에 소주, 막걸리 한잔이지만, 오늘 이런 먼 길을 왕림할 수 있는 건강 자체가 자랑이요, 아직 건재함의 증명이다. 요양병원이나 집에서 천장 보고 날짜도 헷갈리게 세며, 껌벅이는 친구의 눈망울을 생각해 보게나!

그간 오랫동안 서울 대공원에서 걷기로 건강 다지고 쓰잘머리 없는 방담으로 시간 보냈어도 즐거웠는데, 하루 이틀만 쉬었다가 나온다더니 그 기다림은 허사로 밀어내고 그는 영영 떠나 버리지 않던가! 여기 같이 칠십 년 익은 얼굴 앞에 나와 잠깐이라도 허튼 소리로 웃고 즐기는 것, 자체가 삶의 보람이라 생각하면 어떻겠나!

비록 문단의 상(賞)이지만 이렇게 축하해 주고 격려해 주는 친구에게 한 잔 권하지 않고 어디에 술병을 기울이겠나! 필자가 주관한다고 회장, 지산, 청수의 과분한 덕담 고맙기 이를 데 없네.

'그렇게 잘했다.'라기보다, '그렇게 잘했으면 좋겠다.'라는 간곡한 부탁으로 받아들이겠다. "경축, 추강, 대한 문단 작가상 수상" Y의 아마추어 영상 제작사가 스스로 벽보를 제작하여 붙인 것은 예고 없이 동영상 제작 준비였다. 그 성의(誠意)에 감탄하고 난 현장에서 사례했다.

크게 자랑할 만한 것도 못되지만 이를 핑계로 한마당에서 건강이 고만고만할 때 친구들을 한 번에 여럿을 만나보고 싶었다. 또한, 아직 막걸리 한 잔씩 마실 수 있는 현주소가 자랑이고 행복인 것을 가소롭게 여기지 말고 오래 이어가자고 다짐하며 돌아섰다.

— 2023. 12.

장형 기일 생가 찾아

───── 필자 고향의 생가(生家)는 얼추 백 년에 접어드는 나이배기 주택으로 농촌 산촌 중간 지역에서 우리 가풍과 가족사를 고스란히 간직하며 자리 잡고 있다.

당시 지관에게 쇠푼이나 주고 주춧돌을 놓았다고 선친은 말씀을 남기셨다. 지금은 조카(형님의 삼남)가 그 집을 개축 및 별채는 현대식 2층 편백 목재로 증축하여 두루 관리하며 살고 있다.

형님은 작고하시고 구십칠 세의 형수님이 생존해 계시므로 모시고 있는 조카가 생가에서 필자의 부모님. 형님 기제사를 모두 모신다. 어떤 소문을 접했는지 몇 년 전 SBS와 EBS 본사에서는 각각 필자 생가를 며칠 취재하고 주인과 상담하며 정규 방송, 재방송으로 방영한 바 있다.

막내인 필자는 결혼 전까지 생가에서 형님과 같이 부모님 모시고 생활했었던 곳이다. 형님은 장남으로 일제강점기와 6·25 시대를 고되고 바쁘게 사신 후유증인가 칠십 대 중반 지병으로 타계하셨다. 생전엔 형수님의 타고 난 나약한 체신(体身)이 염려되어 그의 건강만을 챙기시더니, 아뿔싸 본인이 먼저 세상 떠나시고 형수님은 그 후 이십 년을 훌쩍 넘게 홀로 더 살아 계신다.

수명은 체신이 대변하지는 않는가 보다. 그러다 보니 형수님은 100세가 채 삼 년도 다 남지 않은 장수 노인이시다. '인명은 재천'이라더니 실감 나는 말이다. 그 당시 우리네 가풍은 관혼상제에서 상(喪)을 당하면 가족은 삼 년간 복(服)을 입곤 했었다. 대부분 유교식 전통으로 상례를 치르던 시대였으니 따랐다. 필자는 삼 년 동안에는 객지에서 어떻게든지 형님 기제사에 참례로 아우 된 도리를 한다고 했었으나 세월은 관혼상제를 간소화하거나 현실에 맞게 바뀌 지면서 그 뒤에는 형님 기일을 제대로 챙기지 못하고도 그러려니 하고 지나갔다.

엊그제 밤 꿈에 오랜만에 선친이 보이시더니 머뭇거리시다가 아무런 말씀도 없이 사라지셨다. 꿈을 깨니 너무 허전했다. 이 생각 저 생각 끝에 때가 때인지라 '네 형 기제사는 기억하고 있느냐?'라고 '암시를 주려는 것이 아닌가!' 생각이 스쳐 갔다.

소년기에 필자는 선친과 같이 조부모는 물론, 백부모 기제사 때까지도 빠지지 않고 십리 길을 선친의 길라잡이로 참석했던 기억이 있어 '동생은 형님 기제사도 참석해야 하는 것'으로 알고 자랐다.

꿈꾸고 며칠 후에 망설이다 조카에게 전화했다. "20일이 아버지 기일 맞지?" 세월이 흐르다 보니 확인이 필요했다. "내 건강이 이만이나 할 때 올해는 형님 제사에 참례해야겠다."라고, 말했다. 그간 뜸했던 일이라 속으론 '어쩐 일이신가!' 기이하게 생각했을는지도 모른다.

착한 치매를 앓고 계신 형수님은 십오 년이나 더 지났건만 필자 이름을 또렷하게 부르며 얼싸안는다. 온종일 집안에서만 생활하면서 아들은 출근하고 요양보호사와 세 시간 같이 있다가 나머지는 퇴근 때까지 거의 혼자 계시니. 사람이 귀해서 반가움이 더 하는 것 같았다.

제사 지내면서도 고장 난 무릎으로 엎드렸다 일어나기가 불편했지만, 오랜만이라는 죄책감으로 꾹 참고 견디며 힘을 모았다. 생시 필자는 형님과 13년의 차이로 자라는 동안 형님의 그늘에서 훈김과 사려 속에 살아왔음을 회고하며 제때제때 찾지 못했음을 엎드린 자세로 거듭 중얼거렸다. 제주와 음복주 마시며 생전 형님의 가려진 업적들을 그들보다 더 먼저부터 살아온 필자가 기억나는 대로 하나하나 들추어 제주들에게 소개하며 음덕(陰德)을 기리었다.

어쩌다 고향에 오면 이것저것 볼일이 많았다. 특히 죽마고우들을 만나 산천을 휘둘러보며 주막에서 막걸리 한 잔씩 나눌 때 어렸을 적의 추억이 되살아나 동심으로 시간 가는 줄 모르게 쫑알거렸다. 그러나 세월은 어느덧 그 많았던 친구 중 한 사람도 찾아볼 길이 없게 흘렀다. 산업의 발달로 대부분 객지의 자녀를 찾아 나가 살기에 만나기도 어려웠지만, 고향에 뿌리박고 살던 친구도 눈에 띄지 않는다.

물 맑고 공기 좋아 장수할 줄 알았는데 하는 일이 힘에 겨웠나! 의료 혜택이 부족했었나! 타고난 운명이었나! 오히려 먼저들 떠났다. 편 손가락이 하나도 꼽히지 않는다.

그토록 그리던 고향도 부모 형제, 남아있어야 할 친구마저 볼 수가 없으니, 타향에 온 것이나 다름없었다.

내가 언제 또 고향의 형님 기일 맞추어 찾아올는지 장담 못 하면서 형수님의 100세 장수를 기원하며 돌아섰다. 세월은 말없이 그렇게 흘렀건만 생가는 묵묵히 우리를 지켜보고 있었다.

환경청소년단 창립 10주년

───── 62세는 교직으로서의 마지막 되는 나이! 필자도 교감 7년, 교장 8년 나머지는 부장과 평교사로 봉직하고 정년을 맞았다. 교육법에 명시되어 있듯이 "교감은 학교장을 보좌하며 학교 업무 전반을 챙긴다."라고 되어있다. 교장과 교감은 상하관계지만 소통이 원활하면 수평관계처럼 인간관계는 물론 업무추진까지 부드러워져 직원 분위기는 덩달아 화목해진다.

오늘 언급하고자 하는 교감은 그의 초임 교감으로 필자와 만났다. 2년을 같이 근무하면서 법규대로 학교장을 성실하게 보좌하고 마지막엔 필자의 정년퇴임 준비까지 신경 써 챙겨주신 교감이었다. 그래서인지 퇴임 후에도 자연스럽게 이십여 년 동안 모임을 같이하며 호형호제로 지내다 보니 오늘 같은 축사를 맡게 되었다.

그가 현직 교장으로도 환경의 중요성을 깨닫고 교외로 조직을 넓혀 'K 도시 NGO 청소년 봉사단체'를 조직하고 10주년이 되는 날이다. 초대 회장으로 교직 퇴임 후에도 활동을 이어가더니 마침 10주년을 맞아 기념 행사와 더불어 후진에게 자리를 물려준다며 간곡히 축사 한마디를 부탁하기에 필자가 알고 있는 K 도시 청소년 봉사단의 활동과 업적을 더듬어 축하 메시지를 보냈다.

K 도시 NGO 환경청소년단' 창립 10주년을 맞아!

환경청소년단 창립 10주년을 진심으로 축하합니다. 또 회장직을 10년 장기 역임하신 S 회장님의 노고를 진심으로 치하해 드립니다. 학교장 본연의 업무도 한 짐인데 사회적 봉사 단체를 스스로 조직하여 운영하는 지도력이 대단하고 그 뜻이 경이로웠다.

NGO는 누구의 간섭이나 지시를 받고 조직된 것이 아니고, 순수 자생적 비정부조직으로 시민단체의 성격을 띤 봉사단체이다. 초대 단장 S는 현직에 있으면서 '학교에서 하는 학생들 교육만으로는 환경 개선에 한계가 있다고 생각하고 적극적인 활동을 위해서는 대상을 교외로 펼쳐 청소년과 뜻을 같이하는 일반 시민으로 확대 조직할 것'에 착안했었다.

"지구는 오염됐다. 썩어간다. 멸망한다."라는 험한 말이 지구촌을 맴돌며 대기까지 오염되어 인류의 삶을 괴롭히는 때 우리 지역에서 자생적으로 'NGO 환경청소년단'이 탄생하여 여러 사람을 깜짝 놀라게 하는 봉사활동으로, 쌍수로 환영받은 사실은 나만이 알고 있는 것은 아니다.

내용으로는 '사랑, 평화, 봉사, 참여'라는 네 가치의 굵직한 표어를 실현하고자 하는 단체다. 인류에게 지속 발전할 수 있는 세계를 물려주고자 지구 환경에 관심을 두고 환경 연구와 바람직한 환경 조성을 위한 실천을 꾸준히 하는 것이다. 아울러 봉사와 나눔을 통한 사람 존중 공동체 의식을 길러 주기 위한 깊은 뜻도 있었다.

지금까지 옆에서 지켜본 행사 중 얼른 떠오르는 활동과 실적 몇 가지는 '미세 먼지 추방 결의 대회, 교복 물려 주고받기, 우수 학생과 어려운 학생 장학금 전달, 학교폭력 예방 캠페인, 나눔과 만남 자선 음악회, 바자 회, 연못 정화 활동, 천변 쓰레기 줍기, 코스모스 축제 도우미, 전통시장 돕기, 긴급 재난 지원금 전달, 힐링캠프 운영' 등 다양한 봉사활동으로 작은 것부터 실천을 앞세우며 캠페인으로 지역 주민을 일깨우는 실적이 대변하고 있었다.

이런 활동을 배사모 같은 동아리는 그들의 행사 때마다 주시하여 격려와 응원을 아끼지 않았기에 배사모를 대표하여 축사를 보내게 되었습니다. 6월 4일 환경의 날을 맞아 K 시장(市長)의 단체 표창도 받게 됐다고 전한다. 이와 같은 내용을 갖고 운영하는 단체가 많을수록, 이 지역의 환경은 물론, 나아가 지구촌 환경이 정화되고 우리 사회는 맑아질 것이다. 또 시민의 삶은 쾌적하리라 생각되어 대를 이어 NGO 청소년 환경 단체가 오래오래 지속 발전되기를 진심으로 기원합니다.

위 메시지에 대한 NGO 회장 답신

"배사모 회장님~, 100% 만족합니다. 고맙습니다. 시간을 할애해 작성하신 내용에 우리가 모두 들어 있습니다. 수고하셨습니다. 'K 도시 NGO 청소년단체'를 긍정적으로 이해해주시고 평가하시니 대단히 감사합니다. 또 우리 활동의 내용을 소상하게 기억하고 열거하여 아낌없이 후원해 주시는 축하 메시지는 단원들에게 크게 힘과 용기가 되어 전폭 환영합니다. 보내주신 자료는 창립 기념일에 일부를 영상 자료로 활용하고 차후 지구촌 환경 가꾸기 실적 발간에 참고 자료로 수록하도록 하겠습니다. 감사합니다."

– 2023. 5.

친구가 안내하는 유적지

───── 전주에 들를 때마다 알려야 할 팀이 너덧 있다. 그냥 스쳐 가면 고깝게 생각하며 다른 소리가 들린다. 중·고등학생 때 인연을 맺은 선후배와 동기 등 오래된 친구들이기에 허물이 없이 지내는 사이이기 때문일 것이다.

지난번 필자의 행사에 꽃다발과 축하의 메시지를 보내준 친구도 그중 하나다. 내려왔으니 우선 그들을 만나보고 감사의 마음을 전하는 것이 당연한 도리 같았다. 때마침 그들의 만남이 있는 날이기도 하다. 장소는 전에도 모였던 곳, 기억에 있는 음식점에서 남자 둘, 여자 여섯 만나고 보니 작은 동창회가 됐다.

"수상을 잊지 않고 먼 곳에서 응원해 주어 외롭지 않게 자긍심을 갖게 됐다며 성원에 고맙다는 뜻으로 오늘 점심은 내가 내겠다."라고 먼저 접수했다. 그들은 '고향 찾은 손님이라며 축하해야 할 처지로 우리가 대접해야 한다며' 한쪽에선 막무가내다.

언젠가도 말 꺼냈다가 순발력이 따라 주지 않아 기회를 빼앗겨 염치없었던 기억이 솟았다. 두 번 다시 헛인사가 되지 않기 위해,

예의는 아니지만, 식사 도중 슬그머니 카운트에 가서 결재부터 했다. 메뉴는 대중 음식 탕류다. 육식을 좋아하면 갈비탕, 아니면 홍어탕이다. 참 고마운 학우들이다. 몇 년 전만 해도 감히 생각도 못했던 여친들로부터 팔순이 지났다고 스스럼없는 따뜻한 축하하는 기쁜 마음뿐이었다. 동창으로의 진정한 우정을 갖게 하는 순간이기도 했다. 점심 한 그릇이 그들이 베푼 성의에 따라갈는지 모르지만, 우선 고마운 마음만을 전하는 차원이다.

분위기도 좋아 좀 더 넉넉한 시간이면 이러쿵저러쿵 잡담도 나눴으면 좋으련만 다음을 약속했던 시간이 밀려와 더 머물지 못하고 돌아설 시간이 되었다. 그들에게 "제발 아프지 말고 건강해서 좀 더 오래 활동하자며 다음에도 좋은 화재로 만났으면 좋겠다."라며 두 손을 모았다. 기다리는 팀 때문에 거쳐 가는 분위기가 되어 미안도 했다.

그렇게 쫓기는 시간이었지만 기념으로 인증사진 한 장쯤은 남겨야 한다며 밝은 미소로 모습을 취해줌이 다행이었다. 환한 얼굴들, 장수할 것 같았다. 참 반갑고 고마웠다. 아쉽지만 남은 이야기는 뒤로 미루고 발길을 옮겼다.

시상식 회식 때 건배주를 챙겨준 친구가 기다리고 있었다. 만나자 다짜고짜 하는 말 '연말 어려운 시간 냈으니, 익산 들녘이나 같이 드라이브하며 이야기나 하면서 사적(史蹟) 몇 군데 들러보고 차 시간을 맞춰 올라가란 말'에 조건 없이 그냥 따랐다.

'만나는 것이 즐거움이지' 우리에게 무엇이 또 있느냐면서 이야기나 많이 하잔다. 전주에 와도 도내 동부 남부 서부 쪽의 관광 명소는 자주 안내받았지만, 북서쪽 관광 명소는 들를 기회를 별로 얻지 못했던 것 같다. 그것을 기억했던지 친구는 익산 땅으로 핸들을 돌렸다.

첫 번째 코스로 함열읍 '고스락' 레스토랑을 찾았다. '고스락?' 낯선 말임을 주인도 인식하고 사용했는지 '으뜸, 최고'를 뜻하는 순수우리말이라고 안내판에 붙어있었다. 『새 우리 말 큰사전』(삼성출판사)엔 '아주 위급한 때'라고 했는데, 그 말을 으뜸 최고로 변형 발전시켜 아름다운 고전어를 사용한 것 같다. 5천여 개의 장독이 줄지어 진열된 정원과 3만 평의 앞들 청정솔숲에서 국내산 유기농 원료를 사용하여 전통 항아리에 전통 장과 발효 식초를 생산하는 유기농 공원이다. 정원에 돌하르방, 해녀와 물허벅, 첨성대, 따오기, 직박구리 기타 희귀하고 다양한 조형물이 두서없이 항아리 정원의 고즈넉한 분위기를 감쌌다. 허리 굽은 정원수 향나무 봉오리에는 간밤에 내린 눈이 수북이 눌러앉아 영락없이 위장한 군인 철모처럼 보이는 것은 최전선 철원 군부대에 엊그제 입소하여 막 군(軍) 복무 시작한 손자 생각이 잠재해 있기 때문인가 보다.

이어지는 금마 미륵사지는 필자가 좀 알 만한 곳이다. 6·25 사변이 터지고 인천 상륙, 서울 수복이 된 뒤도 우리 고장은 산지가 많아 공비 잔당이 야간엔 민가에 내려와 식품 의류를 강탈해 가는 치안이 불안한 곳이었다. 마침 이곳 익산 삼기면에 이모님 두 분이 살고 계셔서 2개 군, 4개 면을 소로길로 돌고 돌아 어른들은 양민증 내비치며 이곳 미륵사지를 거쳐 피난 갔던 길이며, 또 육군 제2 훈련소 후반기 교육 4주를 이곳 금마 훈련소에서 받았기에 추억이 서린 곳이다.

미륵사지는 미륵산 아래의 넓은 평지에 만들어진 백제 시대 사찰로 삼국유사에 창건 설화가 전해져오고 있다. 서동요의 주인공인 무왕 때 창건되었으며, 임진왜란 즈음에 폐사된 것으로 알려져 있다. 지금 우리나라에서 가장 크고 오래된 미륵사지석탑이 20년 동안 복원되어 자리를 지키고 있는데 아직도 주변을 개발 복원하고 있어 겨울철 분위기로는 썰렁함이 맴돌았다.

　인접한 왕궁리 유적은 화려했던 백제의 왕궁을 유추해 볼 수 있는 곳이다. 좀 지났지만 70년대 전주에서 근무할 때 학생 현장학습 인솔하고 찾았던 곳이기도 하다. 왕궁리 유적은 용화산에서 시작하는 능선 끝부분에 있는 낮은 구릉 위에 만들어졌다. 높다 하면 깎아내리고 낮은 곳은 메워 대규모 토목 공사로 왕궁이 들어설 공간을 드높였다. 이는 왕궁이 위치할 지대를 높게 만들어 궁 밖에서 보면 일단 웅장하고 장엄하게 보이도록 하기 위함이다. 궁장은 직사각형 모양으로 중국 궁장과 비슷하여 당시 백제가 중국과 활발히 교류했음을 짐작할 수 있었다. 이런 왕궁의 내부 구조뿐만 아니라 정원과 조경기술도 교류가 활발했는데, 이 기술은 이후 후백제를 통해 일본에까지 전해졌다. 이처럼 왕궁리 유적은 당시 동아시아 왕조들이 왕궁을 만드는 원리, 다양한 기술 등을 공유하고 있음을 잘 보여 준다는 점에서 역사적 가치가 인정된다. 왕궁 사적지도 겨울 타는지 관람객이 줄어 헤싱헤싱한 기분이 들었다.

　호남인의 기질은 백제인 혈통이 잔잔히 흐르며 호남은 백제 문화의 찬란한 전통이 아로새겨져 있는 곳이다. 모처럼 친구의 아이디어로 자투리 시간을 친구와 이야기하며 익산 땅, 6·25의 피난길. 육군 훈련병 생활, 현직에서 현장학습도 기억이 떠올라 뜻깊었으며, 아련했던 고향의 유적지를 다시 한번 새기는 기회가 되었다.

– 2023. 12.

송년 회비 내가 쏜다

_____ "인간은 사회적 동물이다." 기원전 그리스의 철학자 아리스토텔레스의 대표적인 명언이다. 즉 '인간은 혼자 살아갈 수 없으며 사회적 공동체를 형성하여 끊임없는 상호 작용을 해야 한다.'라는 뜻이 담겼다.

인간이 삶에서 더 높은 가치 추구를 원한다면, 반드시 공동체에서 선한 삶으로 어우러져 바르게 사는 길을 찾아야 한다. 사람은 사회적 동물로 공동체에서 역할 수행을 잘하느냐 그렇지 않으냐에 따라 삶이 방향과 질이 달라질 수 있다. 즉 그 속에서 얻는 자산은 경쟁, 이해, 타협, 조정, 적응, 성취, 쾌감 등으로 삶을 헤쳐 나가는 다양한 힘을 말한다.

사람은 어디서 누구와 어떤 일을 어떻게 하느냐에 따라 성공과 실패, 나아가서는 행복과 불행으로 갈라질 수 있다. 좋은 환경에서 좋은 친구들과 상호 작용이 잘 이루어지면 더할 나위 없겠지! 환경은 사람이 살아가는 데 필수적이니까! 근래 수도권에 인구 쏠림 현상은 많은 이유가 있겠지만, 그중 하나 더 좋은 환경에서 더 좋은 삶을 찾기 위한 수단과 방법이기도 하고 궁극적으로 목적이 기도 하다.

필자는 청년 시절 고향에 살 때 서울에서 살리라고는 별로 생각 해 본 바가 없었던 것 같다. 복잡한 서울보다 오히려 한가롭고 여 유 있는 시골 고향이 좋고 그 속에서 가치 창출을 하면서 지내겠 다고 우물 안 개구리 생각을 했었던 것 같다.

그러다가 어느 때 느닷없이 생활에 변곡점이 생겨 급거 상경했 다. 그런데 생각보다 서울은 복잡하다기보다 생활이 편리함이 앞 서 다양하고 유익한 공동체에서 행복을 찾을 기회가 많았다.

교육자는 필연적으로 상호작용함(函)을 짊어지고 다닌다. 근친 결혼보다 국제결혼이 우성을 보이듯이 옮겨 다니며 다른 환경에서 다른 학생들을 만나 교육하고 학부모 및 지역사회 인사와 교류하 며 유대를 갖는 것이 교육성과도 자기 삶의 가치 창출에도 더 큰 보람이 있는 것 같았다.

필자는 오랜 교직에서 퇴직하고 이십삼 년째 접어들었다. 최종 학교에서 삼 년을 근무했던 50여 명의 동료 중 절반가량과 아직껏 소통하고 있으니 허다한 일은 아닌성싶다. 그 중엔 이심전심(以心 伝心)의 끈질긴 상호 신뢰 관계에서 오는 인연으로 자랑스러운 만 남도 있다. 이름하여 '다리문' 부장 모임도 그 하나다. 43학급 교 직원의 중심체였다. 현재는 교감 교장 승진으로 퇴임한 후배들이 지만 아직도 막내들은 현직 교장으로 퇴임을 앞두고 있다.

'월드컵 행정실' 모임도 손꼽을 수 있다. 필자가 한일월드컵을 개 최하던 봄, 퇴임할 때 교장직으로 관내 머물면서 학교 살림을 도 맡아 도와주던 행정실 동료와 맺은 인연이다. 이들은 정년퇴직한 후에도, 아니면 승진하여 관내 고교 행정실장 자리에서도 끈끈하게 교호(交好)하고 있다.

필자는 정년퇴임하고 이들 옛 동료들과 줄기차게 만남을 이어왔다. 40~80대까지 생물학적 세대 차이는 있을지언정, 정신적 세대 차이는 크게 느끼지 못한다. 필자는 이들과 23년 길게는 26년까지 매월 또는 계간으로 네댓 번씩 만나 소통하며 친교 했다.

필자는 젊은 기(気)와 생생한 정보를 지속 받아 정신적 육체적 건강을 유지하고 큰 어려움 없이 여기까지 왔음이 너무나 기쁘고 고마웠다. 금년 송년회는 그들 25~26명을 한자리에 초대하여 합동 모임으로 지난날을 회고하며 즐거운 마음으로 송년을 기념하고 싶었다.

그러던 중, 중심에 서 있는 회원 하나가 개인적으로 피치 못할 사정으로 합동이 어려워져 모임별 계묘년 송년회를 하는데 난 일정에 맞춰 돌아가면서 인사말을 했다.

"여러분이 직간접으로 힘을 실어 주어 금년도 건강하고 평안하게 오늘이 되어 감사한 마음뿐이다. '이빨 빠진 호랑이'를 이십 년 넘게 그림자처럼 따라 주고 챙겨주며 지켜 줌이 정말 감개무량할 뿐이다." 돌아가며 레코드판 인사말만 했다. 필자는 건배사로 "건강이 바로 행복이다. 건강 챙기자!" 느낌이 있어, 특히 강조했다.

필자는 스스로 송년회 경비를 단독 챙겨도 마냥 즐겁고 행복한 날이었다. 받는 즐거움보다 주는 기쁨이라더니 맞는 말 같았다. 인생 후반기 이런 공동체에서 떨구지 않고 의사소통 대상으로 챙겨 줌이 다행이며 즐거움이었다.

이 나이에 현역들과 한자리에서 소통하기란 말처럼 쉽지 않기 때문이다. 내 삶을 돌이켜보면 속담처럼 서울에 올라와 전국에서 모인 생면부지 교육 동지들과 늦게까지 어울려 사회적 교우관계(交

友関係)를 유지하며 살고 있음이 퍽 흐뭇하고 자랑스럽다. 계묘년을 보내면서 청룡의 새해에도 우리 25~26명의 교육 동지 모두가 건강하고 행복했으면 좋겠다.

– 2023. 12.

삼부자(三父子) 출동

—— (1) 선산 성묘

가끔 해 질 무렵에 걸려 오는 핸드폰 벨은 '장남 퇴근길'임을 알리는 신호다.

급한 사항이 아니거나 통화가 길어질 사항은 아예 한 시간여 걸리는 퇴근길로 미루어놨다가 통화하는 것은 이제 상례(常例)가 되었다. 물론 운전에 방해가 안 되는 통신 장비를 차내에 완벽하게 갖춰놓은 상태에서다.

필자는 매월 첫 화요일 6시, 10여 명 남짓 동아리 모임이 있는데, 공교롭게도 꼭 그 시간이 되면 전화를 자주 받고 하니까 눈여겨본 회원 하나가 "누구인데 모임 때마다 그 시각에 전화가 걸려오는지 약속이라도 된 전화냐?" 묻기에 그냥 웃고 지나간 적도 있었다. 그날은 일주일 중 유일하게 병원 당직 서는 요일이 아니기 때문에 퇴근길이 된다.

오늘도 7시 무렵 그 전화다. "별일 없으시죠? ○월 ○일 일요일인데, 아버지 일정은 어떠신가요?" 묻는 전화다. 백수가 "일요일이면 어떻고, 평일이면 어떠냐!"면서도 "그럼! 별일 없다."라고 가볍게 응수했다. 아마 일요일을 꼭 찍어 묻는 것이 혹 지난 계묘년 12월 시행하려다 틀어진 가정 행사를 이월하여 시행하려는 그것이 아닌지 어슴푸레 짐작이 가기도 했다.

다름이 아닌 지난 4월 필자 생일 가족 모임에서 두 아들에게 당부하듯 한 말이 있었다. 그것도 잔소리로 들릴까봐 몇 번이나 생각한 후 한 말이었다. 그간 가정 행사는 가장(필자)을 중심으로 이루었으나 처(妻)가 떠나고 난 후부터는 자연스럽게 자식(장남)이 추진하는 대로 따라가는 그것이 순리 같았다.

"고향 선산의 조부모님 산소에 성묘 간지가 코로나 역병으로 몇 년 지난 것 같다. 올해는 시간을 마련하여 둘이 안 되면, 형편이 되는 하나라도 산소에 다녀오는 것이 어떻겠느냐? 고향에 있는 사촌 형제들은 일 년에 몇 번이고 산소를 둘러보고 성묘하는데, 같은 핏줄 손자들은 멀리 있다는 핑계로 소홀하게 넘기는 것 같아, 마음이 편치 않다."라고 아비로서 솔직한 심정을 털어놓았다. 그랬더니 장남이 얼른 알아차리고 "고향은 못되지만, 선산에 조부모님을 비롯하여 선대들이 영면해 계시니 자주 찾아 성묘하고 보살펴야 당연한 도리이지요. 다만 마음은 있었지만, 여건이 여의치 못해 뜻대로 되지 못해 송구스럽기도 하네요. 계묘년에는 제가 먼저 선산에 성묘와 큰댁에 연로하신 큰어머니도 찾아뵙고 오겠다."라고 다행히 장남이 선뜻 공감했다.

그러고도 차월피월(此月彼月) 12월까지 왔었는데, '가던 날이 장날'이라던가 출발 약속 예정일 새벽 야릇하게 응급 임산부가 들이 닥쳐 비상이 걸리니 출발하지 못하고 아쉽게 해를 넘겼다. 조급한 마음으로 다시 잡은 날이 음력으로 이해 안 넘기고 (섣달) 양력 ㅇ

월 ○일 일요일인 것 같다.

산부인과에서 분만을 받는 병원은 삼백육십오일 휴일 없이 의사 한 사람은 필수 요원으로 대기 한다. 출산율은 떨어져 산부인과 인기는 바닥이지만, 출산이 임박한 임산부에게는 그와는 무관하게 그곳은 유일한 최상의 안식처다.

삼부자는 서울에 같이 살면서도 서 남북으로 각각 흩어져 살기 때문에 한자리 모여서 승용차로 출발한다고 하여도 만나기까지 적잖게 1시간 넘게 걸려 새벽부터 북새통을 치러야 만난다. 사실은 삼부자가 온통 같은 차로 장거리 온종일 움직이는 것도 썩 지혜로운 일은 못 된다. 휴일이면 옛날과 다르게 고속도로가 미어터지듯 차량이 엄청나게 많아져 교통체증이 생기고 따라붙는 난폭 운전 및 끼어들기 등으로 크고 작은 교통사고가 더욱 빈번해져 염려가 따르기 때문이다.

장남 전화다. "당일 새벽에 강남까지 전철로 버거우실 텐데요! 토요일 오후 집으로 오셔서 주무시고 출발하시죠."라고 한다.

이번 행사 진행에 난 별반 의견을 제시하지 않았다. 장남 계획에 의해 추진하는 대로 뒤따라 다니기로 했다. 새벽 7시 가양동 둘째를 한티역에서 만나 출발하니 휴게소에서 아침 식사를 하고도 10시 50분에 현장에 도착했다. 아들과 같이 묘소 앞에 무릎 꿇고 앉아 상석에 술잔을 올리고 재배했다. 그리고 그간 찾지 못한 송구스러운 마음을 한참 읊조렸다.

옆에 형님 묘소에도 인사드리고 98세의 형수님이 누우실 자리도 둘러보았다. 선산이므로 새로 둘레석으로 단장한 필자 숙부님 묘소도 인사드렸다. 종산은 한꺼번에 많은 선영을 뵐 수 있어 좋다. 아들들도 마음이 후련한지 묘소를 두루 들러보더니 묘비에 적혀있는 친족들을 다시 한 분 두 분 새겨보았다.

필자도 모처럼 두 아들 앞세우고 선영을 찾아뵙게 되어 아비로서 그간 무거웠던 마음을 덜 수 있었다.

치매를 앓고 계신 형수님을 만나 뵀는데, 아들 둘을 구별하여 이름까지 불러 주시니 그들은 크게 박수로 대답했다. 이런 상태로 코앞의 100세를 맞을 것 같아 복 받은 형수님이라고 위로해 드렸다.

전주에서 살 때와 다르게 서울 생활이 고향 선영 찾아뵙는 일이 마음대로 되지 않는데, 모처럼 삼부자가 큰맘 먹고 시간 맞추어 동시에 성묘하고 치매 앓고 계시는 집안 어른까지 뵙고 나니 마음이 흐뭇했다. 양심은 속일 수 없는가 보다.

(2) 아들, 도움 준 분 찾네!

두 아들을 앞세우고 새벽잠을 설치며 경부고속도로에서 천안 논산 간 고속도로를 탔다. 음력 섣달그믐 무렵에 해를 안 넘기고 고향의 선산을 찾아 조상님께 성묘하려고 그렇게 설레발 쳤다.

필자의 생각대로라면 일단 성묘를 계획대로 모두 마쳤으니, 청춘을 바쳐서 근무했던 64년 전 고향 모교도 들려 이모저모 변모한 모습을 살펴보고 싶었건만, 두 아들은 말은 없었어도 성묘가 끝나면 그들이 태어나고 자랐던 고향 전주에 갈 계획이 미리 있었나 서두른다.

산소에서 내려오자, 승용차는 바로 전주로 향하기에 승용차 안에서 물었다. "전주에서는 고모, 이모, 사촌, 외삼촌, 친구들 만날 분이 많을 텐데… 예! 오늘은 시간 관계상 딱 두 분만 만나 뵐까,

합니다. 외가의 작은이모님하고, 둘째 4촌 형님 댁입니다."

아주 머뭇거림이 없이 준비된 대답이었다. 무슨 특별한 일이라도 있어 그러는지! "예! 이모님은 어머니가 돌아가셨을 때 3~4일 날밤을 지켜 주시며 장지에서까지 슬픔을 같이해 주시고 저희를 챙겨주심이 오랫동안 잊혀 지지 않고 고맙게 생각되어 오늘은 어머니를 빼어 닮은 이모님을 꼭 뵙고 싶습니다." 그렇구나! '엄마 생각이 스칠 땐 그런 생각 종종 났겠구나!'

과일 상자를 챙겨 든 그들은 아파트 동호수를 확인한다.

아니나 다를까! 이모는 쌍수로 그들을 안아주며 반겼다. 어렸을 때 이웃으로 오가며 지내던 이야기부터 지금껏 살아온 이야기로 두서없이 한바탕 시끌벅적했다. 아들도 제 어미 나 만난 것처럼 허물없이 대화한다. "추억은 어렸을 때 적 것이 아름답지!" 이모는 애들 얼굴을 쓰다듬으며 사랑을 준다. "이모! 뵙고 싶었어요. 어머니 치상(治喪) 때 정말 고생 많이 하셨어요. 고마웠어요." 큰애가 인사를 한다. "아니다. 내 슬픔보다 너희가 서러움에 힘들었을 것이다." 하며 다시 한번 등을 도닥여 준다.

"금남의 집이었는데 걸출한 남자가 동시에 셋이나 들이닥쳐 오늘 우리 현관문이 놀랐겠다." 하며 혼자 외롭게 산다는 익살로 파안대소한다. 이종 4촌 형제들도 모두 서울에 살면서도 자주 만나지 못했는데 이번에 올라가면 확실한 주소를 알았으니, 시간이 되는대로 연락하여 만나야겠다고 장남이 이모에게 형 노릇을 약속하며 물러나 왔다.

"또 사촌 형네 집은?"

"가족이 서울로 이사할 때 고교 배정 추첨을 하고, 동시에 전학이 안 되어 하는 수없이 두 달 동안 이산가족으로 떨어져 머물러 있었죠. 공교롭게도 배정받은 학교는 남쪽이고 형님 집은 북쪽이래서 시내버스 통학으로 어려움이 많았는데, 새벽밥에 도시락 두 개까지 챙겨주시던 종수(4촌 형수)님이 미안했고 고마웠죠. 그런데 최근 안타깝게도 암투병한다는 소식에 마음이 착잡하여 찾아뵙고 싶습니다."

"아! 그런 계획이 있었구나! 잘 생각했다. 흔히 은혜는 날이 가면 잊기 쉬운데 잊지 않고 갚는다는 자세가 사람의 본분이고 도리(道理)지! '난 미처 생각 못 한 것을 네가 생각했구나!' 다행이다."

설 대목이라 과일 상자를 챙겨 들고 찾아가니 4촌 형 부부는 깜짝 반겼다. 환자의 그간 병상을 소상하게 이야기하는데 마침 최근 국내 모 제약회사에서 폐암 치료 특효약을 개발하여 임상 치료를 홍보하던 중 때맞춰 투약으로 차도가 있어 희망적이라는 이야기에 한숨을 돌렸다. 하긴 요즘 암은 조기 발견만 된다면 완치되는 수가 많다고 하니까!

1시간이 넘도록 하고픈 이야기를 주고받으며 위로와 덕담까지 쏟아놓고 쾌유를 빈다며 바쁘게 물러 나왔다. 두 아들은 오후 늦은 시각에 내일 출근 때문에 서울로 올라가고 필자는 피곤이 누적되는 것 같아 남아서 하루 더 쉬기로 했다. 옛친구 몇 명 만나 차 마시며 빠르게 바뀌는 친구들 건강과 궁금했던 고향의 잡동사니 소식 좀 알아보고 올라갈 생각이다.

교통이 좋아졌다고 해도 직장인들은 때맞춰 성묘 다니는 것이 말처럼 쉽지 않은 것은 사실이다. 아비가 한 번 띄웠던 말을 잊지 않고, 해를 넘기지 않고 실행해 줘서 두 아들이 고마웠다.

영면하시는 선영께서도 모처럼이지만 형편을 헤아려 주시고 흐뭇하셨으리라 믿고 싶다. 그간 삼부자(三父子)가 동시에 고향 나들이는 쉽지 않았는데 선영 성묘와 평소 만나 뵙고 싶은 은인들을 찾아 스스로 예의를 갖추고 도리를 하는 것 같아 지켜보며 흐뭇했다.

- 2024. 2.

건축 100년 저자 생가

꿀잠 뺏긴 아시안컵 16강전

_____ 월드컵 축구는 세계인의 축제! 아시안컵은 아시아인 축제다. 한땐 아시아의 호랑이라고 했던 한국 축구가 언제부터 종이호랑이가 되어 아시안게임 16강전에서 쩔쩔매는가! 초라한 생각으로 이 글을 쓴다.

축구는 일찍부터 우리 국민은 물론, 세계인의 스포츠다. 남녀노소, 때 장소도 가릴 것 없이 볼 하나만 있으면 차고 막으며 즐길 수 있는 하기 쉬운 스포츠이기 때문이다. 풋살, 족구, 세팍타크로 등도 이웃사촌이다. 한편 그 열기는 상상을 초월하여 승패에 따라 살인도 불러오고 국가 간 전쟁도 불사한 축구 역사도 있다.

2022년 카타르 월드컵 축구에 이어 카타르 아시안컵 대회가 2024년 1월 12일 ~ 2월 10일까지 중동 카타르에서 열리고 있는데 그 이야기의 일부를 하고 싶다.

한국(23위)은 조별리그 24팀 중, E조에 편성되어 바레인(86)·요르단(87). 말레이시아(130)와 리그전을 하게 되었다. 조 편성 후 관계자들이나 축구 애호가들은 조별 경기로 몸 풀다가 무난히 조 1

위로 16강에 진출하여 우승 후보일 것으로 낙관했었다.

그러나 조별리그에서 한국 23위 순위 글자는 보이지 않고 중동세의 모래바람이 태풍급으로 매섭게 몰아쳤다. 가까스로 1승 2무, 조 2위로 16강에 진출했다.

우승 후보 일본(17)도 예상을 뒤엎고 이라크(63위)에 패하여 조 2위로 일찌감치 한국보다 먼저 16강 진출하니 한국팀은 숙적 일본을 피하기 위해서는 조 1위보다 2위로 진출하는 것도 괜찮겠다고 스스로 약자 생각도 어느 입에선가 나왔다.

한국 감독 클린스만(독일)의 자세에 국내 축구 애호가는 불만이 있었다. 한국에 상주하지 않고 외국에 나가 있는 기간이 많아 국가 대표 선수 발굴이 시원치 않으며, 역대 한국 최고 선수를 보유하고 있으면서 성적이 기대에 부응하지 못한다는 불만이었다. 세계적인 스타 손흥민(토트넘), 황희찬(울버햄프턴), 김민재(뮌헨). 이강인(파리 생제르맹), 조규성(미트윌란) 이들 에이스급 선수와 그 외 해외에서 활동하는 선수는 모두 12명이나 된다. 이들 활용의 극대화로 맞춤형 작전과 전술을 찾지 못하고 우왕좌왕하는 플레이를 한다고 팬들의 원성이다.

조별리그 마지막 약체 말레이시아(130)와 경기에서도 쉽게 승리할 줄 알았는데, 겨우 비기고 마는 경기였다. 클린스만 감독은 연봉이 아시아에서 두 번째로 많은 26억 자리 감독이란다.

사우디아라비아(56)는 풍부한 오일 머니를 축구에 쏟아붓는다. 이탈리아의 명장 로베르토 만치니를 세계 축구 감독 중 최고연봉, 2천5백만 유로(한화 361억)에 선임했단다. 세계적인 축구선수 호날두, 네이마르도 오일 머니로 자국 리그로 끌어들여 축구 중흥을 꾀하는 국가다. 이미 2034 국제축구연맹(FIFA) 월드컵 유치도 확보하여 축구를 돈으로 과시하고 있다.

16강 경기는 공교롭게도 31일 새벽 01시에 한국(E.2)과 사우디아라비아(F.1)의 경기다. 축구 좋아하는 대학생 손자가 저녁상 앞에서 묻는다. "할아버지, 새벽 아시안컵 16강전 중계 보시겠어요?", "글쎄다! 너무 늦은 시간이라 자신이 없다." 하고 뒷말을 흐리며 10시 잠자리에 들었다. 소변 때문에 일어났던 시각이 마침 새벽 02시경이다. 득점 없이 끝낸 전반전은 보지 못하고 2시부터 후반전 진짜를 시청하게 됐다. 그런데 한국은 후반전 휘슬이 울리고 머뭇거리는 순간 눈 깜짝할 1분 사이 수비 실책으로 한 골을 어이없이 허용하여 1:0이 되고 말았다. 어처구니가 없었다. '불길한 예감이 스쳐 쓸데없이 단잠만 빼앗기는 것 아닌지.' 생각이 들었다.

시간은 90분이 지나고 10분 추가 시간도 거의 다 흘러간다. 조급한 마음엔 패색이 밀려온다. 한숨을 몰아쉬며 포기로 가는 길이다. 시간은 90+9분에 도달한다. 극적으로 수비수 설영우가 골문을 향해 헤더로 띄운 볼, 키 큰 센터 조규성이 다시 헤딩한 볼이 골문 안으로 빨려 들어갔다. 눈을 의심하는 순간 기적 같은 구사일생을 낳았다. 선수는 물론 응원 팀들도 얼싸안고 맴돌았다. 승리한 것도 아니고 1:1 동점 골로 연장전에 가는 순간인데 말이다. 1분 남겨놓고 패색이 짙었으나 지난 경기에서 활동이 부진하다며 팬들의 질책과 조롱이 쏟아진 조규성이 보라는 듯 통쾌한 동점 골로 존재감을 나타내어 연장전에 돌입하니 조규성은 그런 영웅 대접을 어디에서 다시 받을 거나!

그러나 전후반 30분 연장경기도 무승부로 골키퍼에 책임을 떠넘기는 승부차기로 넘어갔다. 골키퍼 처지는 극과 극이다. '막아내

면 영웅 되고, 못 막으면 역적 된다.' 손흥민 김영권. 조규성 황희
찬은 순서대로 골인시켰으나 사우디 선수는 3, 4번 킥을 조현우
키퍼가 막아냈다. 사우디 감독은 3번 실축하니 4번 킥은 보지도
않고 실의에 빠져 등을 보이며 퇴장하는 뒷모습이 처량했다. 4만
여 관중의 사우디 일방적 응원은 숨죽이고 운동장은 한국이 우승
이나 한 그것처럼 기뻐했으나 잠깐이고 우승까지는 산 넘어 산, 우
선 8강의 호주(25)가 기다리고 있었다.

필드에서 조규성이 넣고, 승부차기는 조현우가 막아 16강은 많
지 않은 조씨 둘이 챙겼다. 확실히 국제전 스포츠는 국민 단합의
불쏘시개고, 애국심의 발로가 맞다. 교민, 여행객, 흩어진 붉은악
마는 얼굴에 태극마크를 그리고 열광했다. 나도 한밤중에 잠 설치
고 응원하며 '과연 아시안컵이 무엇이길래?'라는 생각이 들었다.

뒤돌아보면 한국 축구가 아시안컵 경기에서 이렇게 쩔쩔맬 줄
미처 몰랐다.

— 2024. 1.

* 8강: 호주(24)와 2:1 승
* 4강: 레바논(120)에 2:0 패로 주저앉고 말았다.